Herbert Lipsky
Mord am Murhof

D1704727

Herbert Lipsky

Mord am Murhof

Kriminalroman

Leykam

Die Handlung und die Personen dieses Buches sind frei erfunden. Es gibt die Stadt Graz, das Weinland und auch den Golfplatz, auf dem sich der Mord ereignet. Ein solcher ist dort aber nie passiert. Alles, was sonst über Graz und den Golfplatz gesagt wird, stimmt natürlich. So zum Beispiel, dass sich auf den Straßen im Winter zu viel Rollsplitt befindet oder dass der Murhof einer der schönsten Golfplätze ist. Sollten Golfspieler oder andere Personen glauben, sich im Buch zu erkennen, ist das ihre Sache. Es ist niemand Bestimmter damit gemeint.

© by Leykam Buchverlagsgesellschaft m.b.H. Nfg. & Co. KG, Graz 2011

Covergestaltung: Peter Eberl, www.hai.cc
Coverbild: © frankoppermann - fotolia.com
Lektorat: Rosemarie Konrad
Gesamtherstellung: Leykam Buchverlag
ISBN 978-3-7011-7765-3
www.leykamverlag.at

Inhalt

Am Golfplatz

An einem lauen Sommerabend saß ich mit meinem Freund Peter auf der Terrasse des Clubhauses am Murhof. Wir blickten auf in der Abendsonne leuchtendes Grün, von alten Bäumen und Hecken begrenzt. Die Driving Range machte durch die vielen hinausgeschlagenen gelben Bälle den Eindruck einer blühenden Wiese. Die sanften Berge des Murtales umrahmen die Anlage malerisch, und auf den Höhen liegen Bauernhöfe, die ins Tal hinuntergrüßen. Verzeihen Sie mir meine schwärmerische Ausdrucksweise – es war wirklich ein herrlicher Abend.

Vor uns standen zwei Getränke, wir hatten bereits den ersten Schluck genommen und besprachen genüsslich die hinter uns liegende Golfrunde. Ich war mit mir und der Welt zufrieden, denn ich hatte für meine Verhältnisse eine hervorragende Runde gespielt: vier Schläge unter meinem Handicap. Golfspieler unter Ihnen wissen, was das bedeutet. Nichtgolfern, ich glaube, es gibt immer noch einige davon, muss ich das kurz erklären.

Ein Golfplatz hat 18 Löcher, die mit einer gewissen Zahl von Schlägen gespielt werden sollen, bei den meisten Plätzen sind es 72. Normale Golfer benötigen dazu immer mehr Schläge, Professionals spielen immer unter dieser Zahl. Die Anzahl der Schläge, die man bei einem Turnier über 72 spielt, wird als Handicap, als Vorgabe, gewertet. Spielt man beim nächsten Turnier besser, so wird die Vorgabe geringer, spielt man schlechter, bekommt man eine größere Vorgabe. Mit einem Handicap ist man in die Welt der Golfer eingefügt und kann gegen bessere und schlechtere Spieler zu einem fairen Wettkampf antreten. Es ist eine immer wechselnde Rangordnung. Alle Amateure träumen von einem Handicap unter 10, einem Single Handicap. Die Single Handicapper sind der Adel unter den Golfspielern. Das Tückische dabei ist, dass sich jeder auf ein Handicap herunterspielen will, das er eigentlich nicht zu spielen in der Lage ist. So kommt es auch, dass man kaum auf zufriedene Golfer trifft. Zufrieden ist man immer nur kurze Zeit, nämlich dann, wenn man bei einem Turnier gerade sein Handicap verbessert hat. Das neue Handicap schafft neuen Ehrgeiz und neue Frustration. Professionals sind so gut, dass sie kein Handicap mehr haben. Sie müssen, um zu gewinnen, die Plätze zumindest einige Schläge unter 72 spielen. Es tut mir leid, aber wenn Sie meine Geschichte lesen wollen, müssen Sie sich auch etwas über Golf anhören, wenn auch nicht ausschließlich davon die Rede sein wird.

Unser erstes Bier war bald geleert. Wir sind Sportler – also bestellten wir uns als zweites nur ein kleines. Peter spielt ein traumhaftes Golf und hat ein Single Handicap. Weil er aber ein lieber Freund ist, spielt er auch mit einem schwächeren Spieler wie mit mir, der nur ein Handicap von 18 aufweisen kann. Heute allerdings hatte ich dank der Vorgabe, die er mir geben musste, unser Lochwettspiel hoch gewonnen, und die Biere gingen auf seine Kosten. Wir saßen zufrieden da und genossen die letzten Sonnenstrahlen. Unser Durst war gestillt und unser Elektrolythaushalt wieder ausgeglichen. Um uns herum war nur Stimmengemurmel zu vernehmen. Im Restaurant eines so vornehmen Clubs wie des unseren ist man nie laut. Schick gekleidete, schöne oder zumindest ehemals schöne Menschen saßen um uns und unterhielten sich mit gedämpfter Stimme. Das einzige laut sprechende Mitglied war heute nicht anwesend.

Eine Dame ging an unserem Tisch vorbei. Sie trug ein elegantes Leinenkostüm, ihr Gesicht war wegen eines großen Strohhutes und einer Sonnenbrille nicht genau zu erkennen. Teures Parfum umhüllte sie. Ich rappelte mich aus meinem Sessel hoch und blickte ihr aufmerksam nach. Selbst Peter, der als Single Handicapper mehr an Golf als an Frauen interessiert ist, bekam einen eigentümlichen Gesichtsausdruck. Wahrscheinlich dachte er sich: Hatte es da im Leben nicht noch etwas anderes gegeben außer Golf? Bird anstelle von Birdie?

Sie ging mit geschmeidigen Schritten von der Terrasse direkt auf das davor liegende Putting Green, wo ein mittelalterlicher, etwas beleibter Mann sich bemühte, Bälle einzulochen. Ich kannte ihn nur vom Sehen – ein wohlhabender Autohändler, er fuhr ein Mercedes Coupé mit dem Wahlkennzeichen Golf 23, war immer bunt und exklusiv angezogen und hatte das teuerste aller Golfbestecke. Sein Dialekt und sein Benehmen konnten mit diesen Accessoires nicht ganz mithalten. Was eine derartige Superfrau von diesem Knaben wollte, war mir unklar. Aber Geld zieht merkwürdigerweise schöne Frauen an. Zu meiner Befriedigung war sie nicht besonders freundlich zu ihm. Es schien Meinungsverschiedenheiten zu geben. Man konnte an ihren Gesichtern die hochgehenden Emotionen ablesen.

Er erhob seine Stimme zu einem lauten: „Niemals, verschwinden Sie."

Auf der Terrasse hob man die Köpfe und blickte indigniert auf die Streitenden. So benimmt man sich auf einem Golfplatz nicht. Sie zischte etwas zurück, drehte sich um und ging weg, ohne an uns vorbeizukommen. Dem Herrn war das Putten nun offensichtlich verleidet. Er verließ das Grün, kam auf die Terrasse und bestellte sich ein Bier. Sein Gesicht war von der Aufregung gerötet, er atmete schwer, neugierige Blicke wandten sich ihm zu. Erst nach einiger Zeit schien er sich zu beruhigen.

Peter und ich nahmen unser Gespräch wieder auf. Wir sprachen über unsere Chancen beim morgigen Turnier. Er meinte, ich solle nur so weitermachen, in ein, zwei Jahren würde mein Schwung einem echten Golfschwung schon ziemlich ähnlich sein, auch sonst habe mein Spiel heute schon etwas mit Golf zu tun gehabt. Die heutige Niederlage schien ihm doch ziemlich zugesetzt zu haben. Vom Bier etwas beschwingt fuhren wir nach Hause.

Wie Sie schon erraten haben, bin ich kein professioneller Golfspieler. Ich verdiene meinen Lebensunterhalt damit, indem ich anderen Menschen vorsätzliche Körperverletzungen zufüge. Ich werde nur deshalb nicht eingesperrt, weil ich sie vorher darüber aufkläre und sie damit einverstanden sind. Ich bin Chirurg. Sie werden sich jetzt denken, ganz typisch, die Ärzte, die können es sich leisten, Golf zu spielen. Golf, der exklusive Sport für die

Reichen. Das stimmt heute absolut nicht mehr, denn jeder Frühpensionist spielt heutzutage schon Golf, und die Plätze schießen aus dem Boden wie die Schwammerln. Ganz Österreich wird bald zum Golfplatz, dann wird man vom Bodensee bis zum Neusiedlersee durchspielen können. Demzufolge hat die Exklusivität des Sportes abgenommen. Nicht so selten hört man auf den Golfplätzen unseres Landes bei einem verfehlten Schlag lautes Gebrüll in einer Diktion, die man eher auf dem Fußballplatz erwarten würde.

Ich habe immer viel Sport betrieben. Zum Golf bin ich deshalb gekommen, weil mein Knie mir das Tennisspielen nicht mehr richtig erlaubt hat. Ein Freund sagte mir damals zum Trost: „Zwei Dinge im Leben eines Sportlers sind sicher, erstens, dass er sterben muss, und zweitens, dass er vorher noch mit dem Golfspielen anfängt."

Meine Freundin war von diesem Entschluss nicht sehr angetan, da sie eine ausgezeichnete Tennisspielerin ist und keine Lust hat, diesen Sport aufzugeben. Sie ist von Beruf Rechtsanwältin und zu meinem Leidwesen unlängst als Partnerin in eine Kanzlei eingetreten. Sie ist übrigens ziemlich hübsch und rothaarig. Ich bin wie viele meiner Kollegen geschieden, nur das übliche Muster – erfolgreicher Mann in den besten Jahren wechselt seine Frau gegen ein neues Modell aus – stimmt bei mir nicht. Meine Exfrau und ich kannten uns seit dem Studium. Sie wurde Soziologin und ich Chirurg. Schon auf der Uni begann sie sich für Hochschulpolitik zu interessieren und trat einer politischen Partei bei, ein Umstand, der sich für ihre spätere Karriere durchaus als nützlich erwies. Privat lief es andersrum: Bald kam es zu politischen Differenzen, die für unsere Beziehung nicht das Beste waren. Das konnte auf die Dauer nicht gut gehen. Und unser Verhältnis verschlechterte sich rapide, als sie Vegetarierin wurde. Jetzt können Sie raten, welcher politischen Partei sie angehört. Nicht, dass ich so versessen auf Fleisch bin, aber Pflanzen allein sind mir als Nahrung zu wenig. Daheim wurde die Diät mit solch missionarischem Eifer durchgeführt, dass ich gezwungen war, auf die freudlose Spitalsküche auszuweichen. So lebten wir uns auseinander und trennten uns letzten Endes im Einvernehmen. Unser Sohn blieb bei seiner Mutter, ich habe es schwer, mit ihm Kontakt zu halten, denn die beiden leben in Wien. Meine Exfrau hat es mir nicht immer leicht gemacht. Manchmal sehe ich sie im Fernsehen.

Nach der Scheidung hatte ich einige flüchtige Affären, bis ich endlich Julia kennenlernte. Sie ist wie ich geschieden. Wir verstanden uns sofort und sind nun schon einige Zeit zusammen. Ob wir ein Kind haben wollen oder nicht, ist noch nicht entschieden. Von unserem Alter her wäre es noch möglich. Beide sind wir, was eine neue Verehelichung angeht, als gebrannte Kinder vorsichtig. Was mich betrifft, bin ich mir sicher, dass ich mit ihr zusammenleben möchte. Sie wohnt in ihrer Altbauwohnung in der Stadt, während ich in einer für mich zu großen Villa auf einem Hügel in der nahen Umgebung von Graz residiere. Mit einem Wort, wir repräsentieren typische heutige Verhältnisse. Lebenslanges Zusammenleben von Paaren ist mittlerweile eine Rarität geworden.

Das bedeutet natürlich, dass wir nur teilweise einen gemeinsamen Haushalt führen. Julia kocht herrlich, aber nicht unbedingt gern, und ich habe begonnen, mich mit dem Kochen vertraut zu machen. Shoppen gehen wir meist gemeinsam am Samstag, und mein Kühlschrank weist demnach stets einen Zustand von Ebbe und Flut auf. Ohne Tiefkühlfach wäre die Versorgung nicht zu bewältigen. Fertiggerichte kommen mir aber nicht auf den Tisch. Da koch ich lieber selbst.

Julia steht meinen Golfambitionen kritisch gegenüber, einerseits weiß sie, dass es mir guttut, aber andererseits habe ich, seitdem ich spiele, weniger Zeit für sie. Die ersten Monate lief es mit dem neuen Sport ganz ordentlich, weil ich meiner Sekretärin sagte, ich müsse noch Privatpatienten besuchen, während ich Julia erzählte, dass ich im Spital so lange aufgehalten worden wäre. Leider sprachen sich die beiden Damen dann einmal aus, und seither habe ich häufig ein schlechtes Gewissen, wenn ich die wunderschöne Anlage des Golfplatzes betrete. Ich sagte unlängst zu Julia, es sei doch besser, Golf zu spielen, als sie zu betrügen, aber sie meinte, da sei sie sich nicht ganz so sicher.

Der Golfplatz, auf dem die Geschichte begonnen hat, liegt in der Nähe von Graz. Graz ist eine schöne, lebenswerte Stadt, es ist die Hauptstadt der Grünen Mark, wie die Steiermark auch bezeichnet wird. Es gibt eine große, fast intakte Altstadt, einen Schloßberg und einen Stadtpark. In dieser Stadt lebt man gut, Universitäten, Schulen, Oper, Theater und ein Konzertleben haben ein akzeptables Niveau. Es gibt ein modernes Kulturfestival, den steirischen herbst, auf den sich die heimischen Politiker viel einbilden. In den Eröffnungsreden wird in selbstgefälliger Bescheidenheit auf die europäische Dimension dieses Festivals hingewiesen. Immer wieder geschehen hier in der Provinz rühmenswerte Sachen, sodass die Politiker manchmal sogar recht haben. Und dann gibt es noch, von mir noch mehr geschätzt, die styriarte, ein Musikfestival, das sich um den gebürtigen Steirer und großen Dirigenten Harnoncourt aufgebaut hat.

Zum Unglück für das Hotelgewerbe und zum Glück für die Einwohner bleibt Graz vom Massentourismus verschont. So ist Graz zumindest so schön wie Salzburg, gehört aber noch den Einheimischen. Die Stadtpolitiker ernennen einen fähigen Tourismusexperten nach dem anderen, um endlich auch Graz zu einem touristischen Rummelplatz zu machen. Die Bestrebungen waren immerhin so erfolgreich, dass nun an Wochenenden Busse voll mit Touristen kommen, welche die Stadt bestaunen. Im Sommer sind auch jüngere Touristen zu sehen. Sie alle verschönern dann kurz behost und mit T-Shirts, die den herausquellenden Busen und den Bierbauch nicht verhüllen, das südliche Ambiente der Stadt. Auch der Einkaufstourismus aus den ehemaligen Oststaaten hat zugenommen. Am liebsten sind mir die vielen Italiener, die Graz entdeckt haben und wie immer elegant angezogen und kulturell interessiert sind.

Die Schönheit von Graz hat den großen Nachteil, dass begabte Grazer, welche die Erfahrung der großen Welt bräuchten, nicht hinausgehen, sondern in bequemer

Zufriedenheit in ihrer schönen Umgebung dahinvegetieren. Die Nähe des südsteirischen Weinlandes tut das Ihre dazu.

Allerdings ist auch Graz von den großen Umschwüngen in der Welt, von Wirtschaftsflüchtlingen und Asylanten betroffen. Und die Armut im Osten hat leider nicht nur Arbeitswillige, sondern auch Kriminelle in unser Land gebracht, deren Aktivitäten die Polizei auf Trab halten.

Ein Golfturnier

Am Abend jenes Tages, an dem diese Geschichte beginnt, ging ich früh ins Bett, denn vor einem Golfturnier muss man gut ausgeschlafen sein. Bevor ich einschlief, hörte ich Julia noch etwas über die immer müden Golfspieler sagen. Im Halbschlaf verteidigte ich mich mit der schweren Operation, die ich am Vormittag durchgeführt hatte. Ich nahm mir vor, ihr morgen zu beweisen, wie sehr sie unrecht hätte.

Der Samstagmorgen war so schön, dass wir im Freien frühstücken konnten. Julia war bester Laune, da sie an einem Tennisturnier teilnehmen wollte. Ich freute mich auch schon auf mein Golf, denn heute würde alles gut gehen. Da Julia versorgt war und sich ohne mich vergnügen würde, hatte auch ich ein reines Gewissen. Ich fuhr unter den Klängen der Eroica hinauf zum Golfclub.

Einige Worte müssen schon über den Murhof gesagt werden. Prinzipiell glauben alle Golfer, dass ihr Golfplatz der schönste ist. Natürlich sind die Wiesen und Bäume von Golfplätzen schöner als eine zersiedelte Landschaft, aber es gibt auch welche, bei denen deren Erbauer die Natur vergewaltigt haben. Die amerikanisch sterilen Plätze, ich will keine Namen nennen, können gar nicht so schöne Fairways und Grüns haben, als dass sie mir gefallen würden. Beim Murhof stimmt jedoch alles: perfekte Grüns, lange und abwechslungsreiche Fairways und ein Baumbestand wie in einem botanischen Garten. Das Clubhaus ist gediegen und vermittelt Gutshofatmosphäre.

In der Mitte des Platzes verläuft eine Apfelbaumallee mit alten steirischen Sorten, und es ist den Mitgliedern – sozusagen als Ausgleich für die horrenden Jahresgebühren – erlaubt, während des Spielens Obst zu pflücken und es zu verzehren.

Unsere Sekretärin, Frau Schneeweiß, begrüßte mich freundlich und händigte mir die Scorekarte aus: „Sie spielen heute mit der Andrea und dem Herrn Wegrostek", sagte sie lächelnd.

Meine Stimmung verschlechterte sich sofort: Andrea war ein liebes Mädchen, aber Wegrostek war niemand anderer als der beleibte Autohändler vom Vortag. Mit diesem unsympathischen Menschen musste ich nun mindestens vier Stunden verbringen und sollte dabei noch mein Handicap verbessern. Sehen Sie, das ist es, was einem das Turnierspielen verleiden kann. Man muss mit Menschen zusammen sein, die man nicht leiden kann. Ich könnte Ihnen dazu viele Geschichten erzählen. Hier nur eine davon. Unlängst spielte ich mit einer Dame, die, solange sie gut spielte, durchaus erträglich war und ihren Mund hielt. Als sie aber einen Einbruch in ihrem Spiel hatte und mehrere Löcher streichen musste, begann sie ununterbrochen zu reden und Witze zu erzählen, bis wir alle abgelenkt waren und ebenfalls die Konzentration verloren und schlechter spielten. Das war von ihr aus volle Absicht, das schwöre ich Ihnen.

Ich beschloss, Ruhe zu bewahren und meinen neuen lockeren Schwung, der nun schon seit Wochen konstant war, beizubehalten.

Wir stellten einander am ersten Abschlag vor und tauschten – wie das so üblich ist – die Scorekarten. Bei einem Turnier muss jeder für einen anderen Mitspieler schreiben. Ich musste es für Herrn Wegrostek tun. Ich beschloss, gut auf ihn aufzupassen, denn ich hatte schon beim Einschlagen auf der Übungswiese gesehen, wie fürchterlich er auf den Ball drosch. Es schien mir unwahrscheinlich zu sein, dass er mit diesem Schlag ein Handicap von 23 spielen konnte, wie es auf seiner Scorekarte und seinem Auto stand. Er musste da etwas nachgeholfen haben. Ja, solche Leute gibt es leider beim Golf. Sie finden alle verlorenen Bälle, weil es in ihrer Hosentasche ein Loch gibt, aus dem beim Suchen durch das Hosenbein ein neuer Ball rollt, sie vergessen beim Zählen den einen oder anderen Schlag, und verfehlte Schläge werden zu Probeschlägen erklärt. Es heißt über solche Typen dann: 7 gespielt, 6 gezählt und 5 geschrieben.

Ich hatte den ersten Abschlag, und zu meiner Genugtuung gelang mir dieser perfekt, ich lag mitten in der Spielbahn weit über den Fairwaybunker hinaus. Wegrostek holte kurz aus und prügelte beidhändig auf den armen Ball ein. Zu meiner großen Befriedigung landete der Ball im tiefen Gras, im Rough. Wie Sie jetzt gleich gemerkt haben: Golfer sind nicht unbedingt fair. Sie freuen sich manchmal über verhaute Schläge ihrer Mitspieler. Andrea spielte ebenfalls einen schönen Ball. Wegrostek lief gegen die Regeln voraus ins tiefe Gras, und bevor ich ihm beim Suchen helfen konnte, spielte er einen Ball heraus. Aha, so macht er das, dachte ich mir. Ich hatte meine Zweifel, ob er den Ball wirklich gefunden oder ob er schnell einen neuen fallen gelassen hatte. Andrea und ich landeten mit dem zweiten Schlag auf dem Grün, Wegrostek hackte so lange auf dem Ball herum, bis er mit dem vierten Schlag oben lag. Wir spielten Par, er 2 darüber. Beim Eintragen in die Scorekarten zählte er fünf, wir protestierten und rechneten ihm seine sechs Schläge vor. Er nahm dies unwillig zur Kenntnis. Mit solchen Zählmethoden schien er also zu seinem Handicap gekommen zu sein.

Sie brauchen jetzt keine Angst zu haben, dass ich Ihnen alle 18 Löcher detailliert schildern werde, dies wäre sogar Golfspielern nicht zumutbar, ich muss aber der weiteren Geschehnisse wegen doch einiges über dieses Spiel erzählen. Für Andrea und mich lief es geradezu sensationell. Wir beide hatten noch nie in unserem Leben so gut gespielt. Wegrostek hingegen erlebte den schlechtesten aller Golftage. Er lag in jedem Bunker und in jedem Strauch und unter jedem Baum. Zu Beginn bäumte er sich noch gegen die drohende Niederlage auf, sein Gesicht wurde beim Bücken und Kriechen im Unterholz rot und röter. Dornengestrüpp zerriss seinen tollen Pullover, und er verlor Ball um Ball. Er versuchte zuerst noch ein bisschen zu schwindeln, aber dann ließ er es sein und resignierte. Von diesem Moment an lief es wieder besser für ihn.

Dann kamen wir zum 16. Loch, einem kurzen Par 3, das heißt man sollte mit drei Schlägen eingelocht haben. Um das zu schaffen, muss das Grün mit einem einzigen Schlag erreicht werden. Ich traf den Ball perfekt, sodass er neben der Fahne landete. Wegrostek knallte mit letzter Verzweiflung auf den Ball, der in einem weiten Bogen links in das Auwäldchen neben dem Fluss flog. Desperat sagte er uns, wir sollten das Loch ohne ihn fertig spielen, er gäbe es auf. Er verschwand im dichten Auwald, um seinen Ball zu suchen. Andrea und ich spielten das Loch in Ruhe zu Ende, und uns beiden gelang ein Par. Wir verließen das Grün und warteten auf Wegrostek, der nicht und nicht aus dem Wald herauskam. Da die Spieler hinter uns schon auf den Abschlag zugingen und warteten, riefen wir nach ihm. Aber Wegrostek tauchte nicht auf. Als alle Ruferei nichts fruchtete, gingen Andrea und ich zu der Stelle, wo er seinen Golfbag abgestellt hatte. Das Gebüsch dort war dicht und dornig, nie wäre ich darin einen Ball suchen gegangen, aber manche Menschen sind eben so geizig und suchen stundenlang auch nach dem ältesten Ball. Ich drang tiefer in den Auwald ein, Andrea folgte mir. Wir kämpften uns weiter vor – von Wegrostek keine Spur. Dann sahen wir ihn: Mit dem Rücken zu uns auf einem umgestürzten Baumstamm, seitlich an einen Baum gelehnt. Ich rief ihn an – nichts. Ich ging zu ihm, griff an seine Schulter und rüttelte ihn. Auf meine Berührung hin fiel er nach vorne. Mein erster Gedanke war: Herzinfarkt! Ich drehte ihn auf den Rücken und sah auf seiner Brust auf dem eleganten gelben Pullover einen immer größer werdenden Blutfleck. Ein Griff an seine Halsschlagader zeigte das Fehlen eines Pulses. Automatisch begann ich mit der Herzmassage, hörte aber bald auf, weil ich damit nur Blut aus Mund und Brustkorb presste. Seine Pupillen waren weit und reaktionslos. Hinter mir hörte ich ein schwaches Stöhnen und sah Andrea leichenblass nach hinten kippen. Unbeschädigt fiel sie ins weiche Unterholz. Ich stand eine Sekunde ratlos zwischen dem Toten und dem ohnmächtigen Mädchen. Neben Wegrostek lag sein verschlagener Golfball, voll mit Blut – wenigstens den hatte er gefunden. Ich packte Andrea und schleppte sie aus dem Wald, durch das Gebüsch, das sie nicht freigeben wollte, Ranken und Äste verhakten sich in ihrer Kleidung. Wieder am Grün hielt ich ihre Beine in die Höhe und blickte mich um. Mit Ungeduld stand der nächste Flight, also die nächste Spielergruppe, am Abschlag und winkte zu uns her. Aufgeregt rief ich ihnen zu, dass sie mir helfen sollten. Ich überlegte fieberhaft: Soweit ich informiert war, spielten weiter hinten zwei Ärzte, aber leider nur ein Zahnarzt und ein Augenarzt, bei Andrea würden sie nur ein Inlay machen oder ihr eine Wimper aus dem Auge entfernen können. Der einzige Internist spielte weiter vorne. Während ich Andreas Beine in die Höhe hielt, um ihr Blut in den Kopf zurückzubekommen, kam glücklicherweise der Spielleiter in einem Golfwagen daher. Andrea, die ihre Augen wieder aufgeschlagen hatte, übergab ich dem etwas beleibten Zahnarzt, der trotz seines langsamen, behäbigen Ganges schon herangekommen war. Er nahm sich sachverständig des Mädchens an. Ich informierte den Spielleiter über Wegrostek und ersuchte ihn, die Polizei zu verständigen. Er raste mit dem Wagen davon. Ich untersagte allen, in den Wald zu gehen, und begab mich wieder zu Wegrostek. Er lag nun auf der Seite. Ich untersuchte ihn genauer und hob seinen Pullover hoch: Über dem Herzen hatte er eine unschuldig aussehende Stichwunde. Jemand hatte ihn offensichtlich nicht leiden können und ihn mit einem spitzen und scharfen Gegenstand aus dem Leben befördert.

Ich habe in meinem Leben schon genug Krimis gelesen, um zu wissen, was zu tun war, daher trampelte ich nicht herum und ließ alles, wie es war, nicht einmal den Golfball steckte ich ein.

Nur wenige Minuten später hörte ich jemanden durch das Gebüsch brechen. Ich rief ihn zu mir. Einfach unglaublich, dass die Polizei tatsächlich so rasch erschienen war. Es war sogar niemand Geringerer als der Polizeipräsident selbst. Sie können sich jetzt fragen, wie so etwas möglich ist? Ob der Präsident in Graz persönlich zu jedem Mordfall kommt? Mich erstaunte sein Erscheinen keineswegs, denn er ist natürlich Mitglied unseres Golfclubs. Er hatte, als leidenschaftlicher Golfer, ebenfalls am Turnier teilgenommen, war aber mit dem Spiel schon fertig. Ich informierte ihn über das Verschwinden von Wegrostek und von unserer Suche. Er setzte sich zu mir auf einen umgestürzten Baum. Gemeinsam warteten wir auf das Eintreffen der Mordkommission und diskutierten über den mutmaßlichen Fluchtweg des Täters. Dieser hatte offenbar sein Auto außerhalb des Golfplatzes abgestellt, war entlang des Flusses parallel zu uns mehrere Löcher mitgegangen und hatte auf eine Chance gewartet, um Wegrostek attackieren zu können. Draußen auf dem Green hatte sich inzwischen eine große Anzahl von Menschen versammelt, das Turnier war abgebrochen worden. Plötzlich fiel mir ein, dass ich heute sensationell gespielt hatte und mir der Gruppensieg sicher gewesen wäre, wenn nicht jemand einen tödlichen Groll gegen meinen Mitspieler gehabt hätte. Endlich erschien die tatsächlich arbeitende

Polizei, verscheuchte die Golfer und begann, selbst alles niedertretend, die Spuren zu sichern.

Dank des Präsidenten konnte ich nach kurzer Befragung den Tatort verlassen. Ich wurde von allen Seiten mit Fragen bestürmt. Im Clubhaus mussten die inzwischen wieder genesene Andrea und ich unsere Geschichte noch einige Male erzählen, dabei beantwortete ich sogar die Fragen eines aus dem Nichts aufgetauchten Reporters.

Erschöpft und ziemlich verstört kam ich nach Hause. „Na, hast du ein neues Handicap?", fragte Julia, „ich habe nämlich das Turnier gewonnen."

Triumphierend erzählte sie mir, wie sie eine Rivalin nach der anderen ausgeschaltet hatte. Im Finale hatte sie sogar ihre Freundin Christine geschlagen, die, wenn sie in Not kommt, immer diese entsetzlichen hohen Bälle spielt. Ich kam gar nicht zu Wort. Endlich bemerkte sie meine ungewöhnliche Schweigsamkeit.

„Was ist los, warum bist du heute so still?", fragte sie mich.

Mit schwacher Stimme erzählte ich ihr die Ereignisse des Tages. Ich erzählte ihr auch das, was ich vergessen hatte, der Polizei zu erzählen, nämlich von dem Streit zwischen Wegrostek und der schönen Unbekannten am Vortag. Müde fielen wir beide ins Bett. Tennis ist wie Golf sehr gesund, scheint aber auch das Liebesbedürfnis zu dämpfen. Ich schlief in dieser Nacht nicht besonders gut, kaleidoskopartig vermischten sich in meinen Träumen Leichen, schöne Frauen und kurz geschnittene Greens.

Das Haus an der Grenze

Am Sonntag stand ich schon in aller Früh auf, um die Zeitungen zu holen. „Mord am Golfplatz" stand in Balkenlettern auf den Titelseiten aller Gazetten. War das ein Fressen für die Presse: „Wohlhabendes Opfer wird bei der Ausübung eines Elitesportes erstochen und von einem Arzt" – das war ich – „aufgefunden." Und: „Der Polizeipräsident selbst leitet die ersten Ermittlungen am Tatort."

Es gab Fotos von allen Beteiligten, auch von mir und dem 16. Loch. Ich war mit meinem Bild nicht unzufrieden, ich sah darauf sehr sportlich aus. Am Bericht selbst stimmte wie immer vieles nicht. Eine Zeitung schrieb sogar, dass mir das Opfer noch im Sterben den Namen des Täters genannt hätte. Die Polizei wäre ihm deswegen schon auf der Spur. So ein Blödsinn, der arme Wegrostek war mausetot gewesen und hatte kein einziges Wort mehr gesagt.

Noch während Julia und ich die Zeitungen lasen, winselte das Telefon. Eine männliche Stimme stellte sich als Reporter des bekannten Journals „Täglich Nichts" vor und wollte unbedingt wissen, was der Sterbende mir noch gesagt habe. Er bot mir 5000 Euro für diese Information an. Ich versicherte ihm, dass ich das Geld gerne genommen hätte, aber leider sei das Opfer schon tot gewesen. Als er sein Angebot auf 10.000 Euro erhöhte, legte ich auf. Sofort begann das Telefon wieder zu klagen, ich hob aber nicht mehr ab.

„Julia, wir fahren heute ins Weinland, hier haben wir keine Ruhe mehr", sagte ich. Während wir uns anzogen und fertig machten, klingelte pausenlos das Telefon.

Gute Freunde von uns, Georg und Lydia, besitzen genau an der steirisch-slowenischen Grenze ein kleines Weingut. Im Weinland mit Freunden unter schattigen Bäumen sitzen und trinken ist eine Lieblingsbeschäftigung der Steirer. Es ist auch ein beliebtes Argument, deswegen eine besser bezahlte Stelle anderswo nicht anzunehmen. Lieber keine Karriere in Wien oder gar im fernen Ausland, da es nirgendwo etwas entsprechend Schönes geben kann. In der Tat ist die Steirische Toskana ähnlich reizvoll wie die echte, aber dafür näher und billiger. Die Weinstraße in der Nähe von Ehrenhausen, auf der wir fuhren, schlängelt sich auf den Kuppen der Hügel dahin, mal auf, mal ab. Kleine Wirtschaften und Winzerhäuser säumen die Straße. Manchmal befindet man sich auf slowenischem Gebiet, dann geht es wieder zurück in die Steiermark. Die Landschaft und die Häuser gleichen sich auf beiden Seiten.

Gott sei Dank gelingt es den Tourismusverantwortlichen – ähnlich wie in Graz – nur ganz langsam, dieses Kleinod international zu vermarkten. Wir Steirer wollen es sicher nicht. Wir sind lieber unter uns. Besucher aus anderen Bundesländern stören uns zwar nicht, auch Freunden aus dem Ausland zeigen wir unsere Lieblingsgegend gern, aber die Vorstellung eines Ausverkaufs der Landschaft, wie er in Südtirol stattgefunden hat, treibt einem wackeren Steirer die Zornesröte ins Gesicht. Der steirische

Weißwein zählt – ohne patriotisch zu sein – zur Weltspitze, man kann unbedenklich ein bis zwei Flaschen an einem Nachmittag trinken, ohne wesentliche Nachwirkungen zu verspüren. Leider ist mit der steigenden Qualität auch der Preis dieser Weine beträchtlich in die Höhe gegangen. Aber für den Kenner gibt es noch genug kleinere Wirtschaften mit herrlichen Weinen und wohlschmeckenden Brettljausen zu günstigen Preisen. Die ersten Erfolge der Vermarktung haben sich aber schon eingestellt, reizvolle schmale Straßen wurden gründlich verbreitert und begradigt, und im Herbst stehen schon zahlreiche Busse vor den Buschenschänken. Die Kennzeichen der Autos zeigen, dass nicht nur Österreicher, sondern auch die benachbarten Länder Gefallen an dieser Gegend gefunden haben.

Julia und ich freuten uns schon darauf, einen geruhsamen Tag mit unseren Freunden zu verbringen. An Wochenenden gibt es bei ihnen ein offenes Haus, jedermann kann unangemeldet kommen und auch seine Freunde mitbringen.

Als wir am späteren Vormittag ankamen, saß schon eine Runde unter dem großen Nussbaum vor dem Haus, ihre Gesichter waren von der Hitze und wohl auch vom Welschriesling bereits gerötet. Wir wurden mit einem großen Hallo begrüßt.

Kaum hatten wir uns gesetzt, wurde ich auch schon mit Fragen bestürmt. Jeder hatte die Neuigkeiten in der Zeitung gelesen. Ich hatte inzwischen die ganze Begebenheit schon so oft erzählt, dass sie glatt und auch etwas ausgeschmückt über meine Lippen floss. Über Wegrosteks Streit mit der Schönen am Vorabend erzählte ich in dieser Runde nichts. Ich nahm mir vor, am nächsten Tag bei der Polizei anzurufen und sie genau darüber zu informieren.

Am Ende meiner Geschichte bemerkte Lydia: „Wisst ihr übrigens, dass die Wegrosteks unsere Nachbarn sind?"

Dabei zeigte sie auf einen wunderschönen Bauernhof, der am nächsten Hügel lag. Das Gespräch ging nun natürlich munter weiter. Ich erfuhr allerhand über den Verblichenen. Er war Automechaniker gewesen und hatte die Tochter seines Chefs geheiratet, hatte den Betrieb vergrößert und einen Kfz-Handel begonnen. Er war Funktionär der Wirtschaftskammer und eine Zeit lang sogar Präsident eines Fußballklubs gewesen. Geld schien in Hülle und Fülle vorhanden zu sein. Das Gehöft, das vor unser aller Augen lag, war in einem guten Zustand, Haus und Nebengebäude waren frisch gestrichen, Bäume und Hecken geschnitten. Mir war es fast zu geschniegelt. Ich muss schon sagen, ich hatte Wegrostek eindeutig unterschätzt, er musste ein tüchtiger Geschäftsmann gewesen sein. Unsere Freunde hatten kaum Kontakt mit ihm gehabt. Georg meinte nur, dass manchmal ein Kommen und Gehen der merkwürdigsten Leute zu beobachten gewesen sei. Manchmal seien auch in der Nacht Autos angekommen, die dann am Morgen wieder verschwunden waren.

„Der wird geschmuggelt haben", rief Ulli, der wie immer am meisten getrunken hatte.

Daran mochte schon etwas Wahres sein, denn wir saßen weniger als 200 Meter von der Grenze entfernt und blickten nach Slowenien, in die ehemalige Untersteiermark hinunter.

Das Gespräch erlosch, als Lydia und Georg mit zwei riesigen Holztellern aus dem Haus kamen und diese vor uns hinstellten. Schinken, Würste, Liptauer, Käse und Verhackert lagen malerisch drapiert auf dem einen und Paprika, Paradeiser und Rettiche auf dem anderen Teller. Wie die Wölfe fielen wir alle über diese cholesterinreichen herrlichen Speisen her. Bei einem Ausflug hierher muss man jeden Gedanken an Blutfette daheim lassen. Für den Nachtisch hatte Julia einen Kärntner Reinling mitgebracht, von dem nicht ein Bröserl übrig blieb. Nach der Fütterung der alkoholisierten Raubtiere erloschen die Gespräche.

Entschuldigungen murmelnd zogen sich alle auf schattige Plätze zurück und legten sich in Liegestühle und auf Decken. Bald waren die meisten sanft entschlafen. Ich half Lydia beim Abwaschen, nicht nur aus Höflichkeit, sondern auch weil ich noch mehr über die Wegrosteks wissen wollte. Sie konnte mir aber nicht viel mehr mitteilen. Nur dass die Gäste sehr wohlhabend sein mussten, da fast ständig Leute mit Luxusautos vorfuhren. Er sei freundlich gewesen, seine Frau hingegen abweisend. Später machten wir Kaffee und trugen ihn zu den Schläfern ins Freie. Durch den Kaffeegeruch angelockt, kamen alle wieder zum Tisch, und bald nahm die Runde ihre Gespräche wieder auf. Nach der Weltpolitik kam die Lokalpolitik aufs Tapet, und als es schließlich um die EU und die Wirtschaftskrise ging, wurde die Diskussion laut und leidenschaftlich. Die Anwesenden waren der verschiedensten Meinungen.

„Das haben wir davon, dass wir uns wie Lemminge ins schmutzige EU-Meer gestürzt haben", rief der einzige Dichter der Runde, „ich war aus Instinkt dagegen." Hatte er recht?

Weiter ging es mit der üblichen Diskussion über Internet und Globalisierung, bis Georg mit einer neuen Batterie Flaschen aus dem Keller erschien und jeder doch noch einen Schluck trank. Dann wurde besprochen, wer weitertrinken dürfe beziehungsweise wer chauffieren müsse. Julia war so lieb und wollte fahren, so konnte ich unbedenklich noch einige Gläser leeren. Ich hatte auf der Heimfahrt den zufriedenstellenden Geschmack von Knoblauch, Verhackert, Geselchtem und Welschriesling auf der Zunge, den man immer hat, wenn man im Weinland war.

Im Spital

Ich bin, das habe ich vergessen zu erwähnen, Leiter einer chirurgischen Abteilung eines öffentlichen Spitals. In der darauf folgenden Woche gab es so viel Arbeit, dass ich gar nicht dazukam, über den Mordfall nachzudenken. Ich vergaß auch, die Polizei anzurufen, um die Geschichte von der geheimnisvollen Frau zu erzählen. Lange dauernde, schwierige Operationen, Ärger wegen Personalmangels, Beschwerdebriefe von Ombudsmännern und Klagen der Verwaltung über den Verbrauch von medizinischen Artikeln hielten mich auf Trab.

Am Dienstag kam der Verwaltungsdirektor zu mir. Wir kommen gut miteinander aus. Dies ist in einem Spital nicht immer der Fall, da die Verwaltung ständig sparen will und die Ärzte sich weniger um die Ausgaben, sondern mehr um die Patienten kümmern wollen. Was er mir zu berichten hatte, war keine Lappalie, denn der Verbrauch der medizinischen Artikel in unseren OP-Sälen hatte sich im letzten Jahr verdoppelt – und das bei einer Zunahme der Operationen um nur fünf Prozent. Das war schlechthin unwahrscheinlich.

„Das muss ein Rechenfehler sein." Doch nein, es stimmte. „Da wird gestohlen, und das nicht zu knapp", sagte ich.

„Wie können wir die Diebe erwischen?", fragte er.

Ich versprach, mich darum zu kümmern, und ließ mir die Aufzeichnungen unseres Verbrauches in den letzten fünf Jahren heraussuchen. Weiters bat ich meine Erste

OP-Schwester, die mein vollstes Vertrauen genießt, zu mir und besprach die Situation mit ihr. Auch ihr war unser enormer Verbrauch bereits aufgefallen. Ich ersuchte sie, mir eine Personalliste und die Aufstellung der Urlaubs- und Nachtdienste des letzten Jahres zu geben. Sie versprach mir, die Augen offenzuhalten, und ich nahm mir vor, mich mit den Unterlagen zu beschäftigen, sobald ich Zeit dafür finden würde.

Der Höhepunkt dieser schrecklichen Woche war der Antrittsbesuch des mittlerweile vierten neuen Führungsteams der Spitalsgesellschaft. Die politischen Parteien haben vor Jahren im edlen Wettstreit um eigene Vorteile eine Neukonstruktion der Spitalsorganisation durchgeführt und eine Holding gegründet. Unter anderem hat dies auch den Vorteil, dass die Holding Schulden machen kann, die nicht im Landesbudget aufscheinen. Gleichwohl muss das Land für die Schulden der Holding haften, die diese selbst nie zurückzahlen kann. Im privaten Bereich wäre das ein klarer Fall von fahrlässiger Krida, aber in öffentlichen Budgets ist dies gang und gebe.

Obwohl die Politiker versprochen haben, sich nicht mehr in den Betrieb einzumischen und die Fachleute arbeiten zu lassen, tun sie es immer wieder. Anstatt schlecht belegte Spitäler und Abteilungen zu schließen, werden diese, aufgrund von Interventionen von Lokalpolitikern, belassen oder sogar noch vergrößert. Natürlich läuft die ganze Sache dank dieser Einmischungen nicht gut, die Kosten werden keineswegs eingedämmt, sondern im Gegenteil, sie steigen. Aus diesem Grunde müssen die

Manager, sobald sie eingearbeitet sind und vernünftige Vorschläge bringen, wieder abtreten, um neuen Platz zu machen. Selbstverständlich nicht ohne vorher große Abfindungen eingestreift zu haben. Auch bei dieser Präsentation versicherten uns die neuen Herren, dass der Einfluss der politischen Parteien völlig ausgeschaltet worden sei und man von nun an mit den modernsten Controlling-Methoden arbeiten werde. Meine Kollegen und ich hörten den Beteuerungen mit Unglauben und Ungeduld zu, erstens glaubten wir es nicht, und zweitens hielt uns diese Besprechung von der Arbeit ab.

In den letzten Jahren sind in die Spitalsorganisationen Männer eingezogen, die aus der Wirtschaft und der Industrie kommen. Von diesen Leuten werden die Methoden der Wirtschaft ins Spitalswesen übertragen. Sie wollen alles rentabel machen. Eine Diagnosemaschine ist ihrer Meinung nach nur dann effizient, wenn sie möglichst 24 Stunden am Tag betrieben wird. Die Zusammenlegungen von Abteilungen und Stationen, Großambulanzen, Auslagerung von Dienstleistungen haben die Spitäler jedoch nicht immer effizienter, sondern auch unmenschlicher gemacht. Die Vorstellung, dass ein Mensch einen reinen Anwesenheitsdienst hat, ist diesen neuen Managern unerträglich. Er solle doch inzwischen gefälligst etwas anderes tun und nicht nur warten, bis ein Krankheitsfall daherkäme. Diese Einstellung kommt mir so vor, als ob in einem Orchester ein weniger oft gespieltes Instrument schließlich ganz weggelassen wird. Sie sind der Meinung, dass ein Betrieb nur funktionieren kann, wenn man eine Corporate Identity hat und wenn eine ständige Schulung der Angestellten durchgeführt wird. Aber: Es ist doch ein Unterschied zwischen einem Menschen, der gesund aus einem Spital herauskommt, und einer Konservendose, die eine Produktionsstraße verlässt.

Zu den diversen Kursen und Seminaren habe ich sowieso meine eigene Meinung. Qualitätsorientiertes Management – das lasse ich gelten. Man muss seine Arbeit kontrollieren. Aber das haben wir Mediziner schon immer gemacht. Die Patientenzufriedenheit überprüfe ich durch einen Beschwerdebriefkasten. Zu Projektwerkstatt oder Projektcoaching fällt mir nichts ein, ich habe keine Ahnung, welche Projekte ich erarbeiten und coachen soll. Denn neben der Arbeit haben wir für gar nichts Zeit. Zum Controlling sei gesagt, dass wir durch das ständige Sitzen vor dem Computer und das Eingeben der Daten täglich ein bis zwei Stunden Arbeitszeit verlieren. Dazu kommt, dass die von uns eingegebenen Daten oft nur unkontrolliert und unbenutzt in einer Datenbank landen. Teamwork ist notwendig und klingt gut, wird aber meist trotzdem nicht durchgeführt. Diejenigen Personen, die dieses Wort so häufig in den Mund nehmen, führen meist ein strenges autokratisches Regime. Bei einem Praxisreflexionstag kann man etwas über Krisen- und Konfliktmanagement, Szenariotechnik und Risikoanalyse lernen. Ersparen Sie mir einen Kommentar. Für mich ist eine fachliche Fortbildung wichtiger als ein Managementkurs. Ich habe zwei Kollegen, die immer begeistert von derartigen Seminaren nach Hause kommen und dann in ihren Abteilungen absolut nichts ändern.

Noch eins: Eines der Lieblingswörter der Manager ist implementieren. Nichts wird heute mehr eingeführt, alle Lösungen werden implementiert. Früher hat man, wenn einer nicht ganz dicht war, gesagt, er ist plemplem. Vielleicht haben einige der eingeführten Maßnahmen deshalb oft nicht genutzt, weil sie implemplementiert wurden.

Um diese ständigen Schulungen durchführen zu können, bedarf es eines Heeres von Psychologen und Beratern, die davon leben und das Budget der Spitäler noch mehr belasten. Wie Sie sich sicherlich denken können, besuche ich solche Kurse nicht häufig, ich denke, dass man in unserem Beruf – neben einer gewissen Robustheit – zwei Eigenschaften braucht, nämlich Herz und einen gewissen Hausverstand, und wie man weiß, kann man beides nicht lernen.

Aber ich schweife ab, das interessiert Sie möglicherweise gar nicht, Sie möchten doch vielmehr wissen, wie es mit der Geschichte weitergeht.

Durch die viele Arbeit kam ich weder dazu, Golf zu spielen, noch hatte ich den Stand der Ermittlungen in den Zeitungen verfolgt. Erst am Donnerstagabend gelang es mir, auf den Golfplatz zu kommen. Glücklicherweise traf ich den Polizeipräsidenten beim Umziehen in der Garderobe. Ich teilte ihm umgehend mit, was ich ihm mitzuteilen hatte, nämlich die Episode mit der unbekannten Dame am Vortag des Mordes, mit der Wegrostek gestritten hatte.

Er war etwas ungehalten: „Na, du bist vielleicht ein idealer Zeuge", meinte er. „Ich schicke dir demnächst einen Beamten vorbei, der wird deine Aussage protokollieren."

Ich versprach hoch und heilig, diesem alles mitzuteilen, und ging auf die Übungswiese, um noch einige Bälle zu schlagen. Samstag war nämlich wieder ein Turnier, und ich wollte endlich meine Form unter Beweis stellen und mein Handicap verbessern.

Als ich nach Hause kam, fand ich auf dem Küchentisch einen Zettel: „Bin mit Kollegen im Santa Clara, komm bitte nach. Gruß, Julia."

Ich war eigentlich müde und wollte nicht mehr weggehen. So öffnete ich den Kühlschrank und fand diesen leer. Einige runzelige Tomaten, ein abgelaufenes Joghurt und ein kleines Stück Käse blickten mich nicht gerade vielversprechend an. Das war für meinen Hunger, ich hatte zu Mittag nur eine Leberkässemmel gegessen, zu wenig.

So stieg ich ins Auto, fuhr in die Stadt und fand nach langem Kreisen doch noch einen Parkplatz, denn die Tiefgaragen kann man in Graz nicht benutzen, die sind einfach zu teuer.

Ich gehe gar nicht so gerne essen, denn ich weiß nie, was ich mir bestellen soll. Aus einer Statistik weiß ich, dass 80 Prozent aller Gaststätten in Österreich fertige Produkte in ihren Küchen verwenden. Fertige Suppen und Einlagen, die berüchtigte braune Sauce, die über alle Braten geschüttet wird, Erdäpfelsalat und Krautsalat in Gläsern, vorgefertigte Apfelstrudel und Germknödel, über die dann eine fertige Vanillesauce gegossen wird, und vieles mehr. Die Haubenlokale mag ich auch nicht unbedingt. Schon beim Lesen der Speisekarte werde ich grantig. Die Bezeichnungen zu, an und bei, die Süppchen, die Farcen und die Soufflés gehen mir auf den Wecker. Wenn dann auf einem großen Teller ein kleiner, farblich gut abgestimmter Essensklecks daherkommt, vergeht mir der Appetit. Nicht dass es mir nicht schmecken würde, aber ich fürchte, mein Geschmackssinn ist zu wenig subtil, um all die Nuancen, die unzählige Behandlungsvorgänge und Gewürze dem Gericht zugefügt haben, wahrzunehmen. Ich will weder eine zu große noch eine zu kleine Portion serviert bekommen, sondern ganz einfach die richtig große. Heute kann man den Kochshows im Fernsehen ja kaum entkommen. Ich verfolge sie mit einem gewissen Interesse, denn ich koche selbst ganz gern. Die großen Fernsehköche zaubern mit wenigen Handgriffen die ungewöhnlichsten Speisen daher. Für einen normalen Haushalt ist es gar nicht möglich, all diese Gewürze ständig daheim zu haben. Abgesehen davon besitzt nicht jedermann die moderne Hardware, die heute zum Garen benötigt wird. Wenn bei einer Präparation die Zahl Drei bei den Würzvorgängen überschritten wird, interessiert mich das Gericht schon nicht mehr.

Unlängst sah ich bei der Anfertigung eines Schweinsbratens zu. Was für ein Schmarrn! Zwölf Stunden wurde mit allem Möglichen gebeizt. Dem Saft wurden die verschiedensten Zugaben beigefügt, so zur Eindickung Maizena, gebraten wurde mit Pflanzenöl. Das Wichtigste beim Schweinsbraten ist die Spickung eines nicht zu mageren Stückes Schulter mit Knoblauchzehen und die Verwendung von Schweineschmalz zum Braten. Kümmel ist dabei eine Geschmacksfrage. Ich mag ihn nicht. Der daraus resultierende Saft muss keine dunkelbraune Farbe haben, aber es muss ein reiner Natursaft sein und darf zum Großteil aus Fett bestehen. Kurz gesagt, ich liebe eine unkomplizierte regionale Küche, nicht nur in Österreich, sondern auch in Frankreich und Italien.

Die Grazer Restaurants sind eine eigene Geschichte, gute Lokale kommen und gehen. Ich weiß nie, was gerade in ist. Das einzige Restaurant, das jahrein, jahraus sein Niveau hält, ist das Santa Clara in der Bürgergasse. Die Chefin ist freundlich, serviert wird von Studentinnen. Die sind höflich und auch nett anzuschauen. Es gibt ein mediterranes Vorspeisenbuffet und durchaus unkomplizierte, wohlschmeckende Gerichte. Ich weiß nicht einmal, ob man dort schon einmal eine Haube erhalten hat oder nicht. Den Besitzern scheint das gleichgültig zu sein, mir auch.

Julia saß mit zwei Mitarbeitern aus ihrer Kanzlei bereits bei den Vorspeisen.

„Komm her, du bist von mir eingeladen. Wir feiern den guten Abschluss eines langen Verfahrens," rief sie mir fröhlich zu.

Ich schüttelte den beiden noch jungen Herren die Hände, ich kannte sie nur flüchtig. Ich bestellte mir ein Lammgericht und ein großes Bier.

„Sie haben doch den Wegrostek gefunden?", sprach mich einer der Juristen an.

Ich bejahte und wollte eigentlich nicht über dieses Thema sprechen.

„In meiner früheren Kanzlei war Wegrostek ein Klient," fuhr er fort. Das interessierte mich schon mehr.

„Er war bis vor drei Jahren ziemlich verschuldet und hatte mehrere Rechtsverfahren laufen, die wir bearbeiten mussten. Hauptsächlich Steuerrückstände und nicht bezahlte Rechnungen. Dann aber war alles mit einem Schlag vorbei. Er konnte plötzlich alle seine Schulden zahlen, auch die bei unserer Kanzlei."

„Gab es einen Grund dafür?"

„Er hat nie etwas verlauten lassen."

Das war erstaunlich. Wegrosteks Reichtum war also jüngeren Datums. Offenbar hatten seine Geschäfte eine für ihn günstige Wendung genommen. War es die neue Autovertretung oder etwas anderes gewesen, was den Umschwung bewirkt hatte?

Nachdenklich aß ich mein Lamm, das übrigens ausgezeichnet schmeckte, zart, mit einem Thymianzweig, nicht zu viel Knoblauch und innen noch rosig.

„Wissen Sie sonst noch etwas über ihn?", fragte ich den jungen Anwalt.

„Soll ich mich umhören?"

„Damit würden Sie mir einen Gefallen tun. Ich bin als Tatzeuge daran sehr interessiert."

Dann sprachen die drei weiter über ihren eigenen Fall und stießen fröhlich an. Ich fühlte mich ein wenig ausgeschlossen und trank nachdenklich noch einen Schluck Rotwein, bevor ich mich verabschiedete und nach Hause fuhr.

Das neue Handicap

Am Samstag fuhr ich gut aufgelegt zum Golfplatz. Im Sekretariat gab mir Frau Schneeweiß meine Scorekarte und sagte lächelnd: „Heute haben Sie zum Ausgleich für das Pech in der letzten Woche besonders nette Partner, Frau Wegerer und Frau Bernini."

Frau Wegerer kannte ich, sie war eine gute, fanatische Golfspielerin, die man zu jeder Tageszeit am Platz antreffen konnte. Sie war schlank, braungebrannt und etwa Mitte vierzig, sehr genau beim Spiel und äußerst regelkundig. Wegen ihres starken Zigarettenkonsums hatten wir sie Miss Marlboro getauft. Von Frau Bernini hatte ich bisher nur gehört – eine jüngere, angeblich schöne Frau, mit dem bekannten Baulöwen Bernini verheiratet, der um einiges älter als sie war. Er besaß ein ganzes Bauimperium, das er nach der Ostöffnung in fast sämtliche Nachbarländer expandiert hatte. Die Unternehmungen des Konsuls notierten an der Börse und hatten sich trotz Rezession und Kurseinbrüchen hervorragend gehalten. Er spielte gut Golf, Handicap 6, kam aber wegen seiner Geschäfte nur selten dazu. Seine Frau spielte zwar öfters, ich aber war ihr noch nie begegnet. Der Clubtratsch berichtete, dass sie stets in einem Rolls Royce vorfuhr – mit Chauffeur. Das erregte natürlich Aufsehen. Mit einem BMW, Audi, Mercedes oder Porsche kann man am Murhof keine Aufmerksamkeit erwecken, einen Rolls Royce mit Chauffeur hat bei uns aber sonst niemand. Im Gegenteil, die zunehmende Mitgliederzahl unseres Clubs hat dazu geführt, dass neuerdings auch Leute hier aufgenommen werden, die mit japanischen Autos vorfahren. Aber: wennschon ein japanisches Auto, dann wenigstens ein schwarzes, großes Monster.

Mit diesen beiden Damen als Mitspielerinnen war ich sehr zufrieden. Tatsächlich fuhr rechtzeitig ein RR vor, der Chauffeur stieg aus, öffnete die Tür und half einem Geschöpf von ausgesprochenem Liebreiz aus dem Wagen. Frau Bernini sah eher wie ein Fräulein aus. Blonde Haare, kurzer Schnitt, Naturwelle, keine Tönung oder Misshandlung durch Dauerwellen, braune Augen in einem sanften und freundlichen Gesicht und eine schlanke, gut proportionierte Figur. Sie bewegte sich elegant und sportlich zugleich. Beim Einschlagen auf der Driving Ranch schielte ich immer zu ihr hinüber, und das, was ich sah, gefiel mir außerordentlich.

Unser Flight traf sich beim Abschlag, wir stellten uns gegenseitig vor und wünschten uns ein schönes Spiel. Julia findet dieses „Schönes Spiel" so affig, sie wünscht mir, wenn sie mich manchmal begleitet, immer „Gut Holz". Das ist nicht unberechtigt, schlägt man doch mit einem Holz ab, das allerdings wiederum aus Eisen besteht.

Vor lauter Hingerissenheit vergurkte ich den ersten Abschlag und kam hinter einem Gebüsch zu liegen. Miss Marlboro schlug wie immer perfekt ab, und Frau Bernini tat es desgleichen. Was für eine Augenweide war es, ihr dabei zuzusehen, der Oberkörper aufrecht, der Busen und der reizende Popo waren herausgestreckt, ein anmutiger Aufschwung, ein etwas schwächerer Durchschwung, aber eine perfekte Drehung. Dann stand sie da, schön, gedreht und grazil wie eine Antilope, und sah dem Ball nach. Vor lauter Bewunderung verhaute ich das erste Loch total. Ich riss mich zusammen, was mochte ich wohl für einen Eindruck machen? Beim zweiten Abschlag über den Teich traf ich den Ball perfekt und kam neben der Fahne zu liegen. „Guter Schlag", riefen beide Damen. Mit stolzgeschwellter Brust spielte ich ein Par.

Wiederum werde ich nicht der Versuchung unterliegen, Ihnen wichtige Einzelheiten des Spiels zu beschreiben, mein Glück am fünften, mein Pech am zehnten und einen Birdiechip beim 15. Loch. Nur so viel, ich spielte, wie vor einer Woche mit Peter, 4 unter meinem Handicap, und das war ganz passabel. Die Damen spielten allerdings noch besser. Miss Marlboro rauchte wie ein Schlot, nur während der Schläge legte sie ihre Zigarette auf den Rasen, und Frau Bernini war mit ihren lockeren Schwüngen und ihrer Anmut bei Weitem das Schönste, das es am Platz zu sehen gab, und das war allerhand, denn der Murhof ist – ich glaube, ich habe es schon erwähnt – einer der schönsten Golfplätze Österreichs. Zufrieden beendeten wir das Spiel und reichten einander die Hände. Am 18. Loch stand bereits der Chauffeur, um den Golfbag entgegenzunehmen. Ich sah ihn mir genauer an. Er war ein riesiger Bursche mit einem harten und starren Gesicht, bewegte sich aber trotz seiner Größe wie eine Katze. Mir war er nicht sonderlich sympathisch, diesen Typ würde ich nicht dauernd in meiner Nähe haben wollen.

41

Nach der Abgabe unserer Karten lud ich die beiden Damen auf einen Drink ein. Frau Bernini nahm ebenso wie Miss Marlboro die Einladung an. Wir sprachen über das Spiel und auch über andere Dinge, wobei mir Frau Bernini aufmerksam zuzuhören schien. Dann kam die Sekretärin, um uns mitzuteilen, dass wir alle drei Preise gewonnen hätten und noch bis zur Siegerehrung bleiben müssten. Auf das hin bestellte ich eine Flasche Sekt, und wir prosteten uns zu. Alle drei hatten wir unser Handicap verbessert, wobei Miss Marlboro Siegerin, Frau Bernini Zweite und ich Dritter unserer Gruppe geworden waren. Stimmung kam auf, und obwohl ich prinzipiell ein Gegner der raschen Verbrüderung bin, sagte ich nicht nein, als mir die Damen das Du-Wort anboten. Zart küsste ich ihre Wangen. Bei Frau Bernini, jetzt Susanna für mich, schien bei der Berührung ein elektrischer Funken überzuspringen. Betroffen zog ich meinen Kopf zurück, überrascht von dieser Reaktion. Wir saßen an unserem Tisch ziemlich eng nebeneinander, und so berührten sich unsere Beine immer wieder. Dies schien sie nicht zu stören, aber ich hatte Gefühle, die ich eigentlich nicht haben durfte. Als sie bei der Siegerehrung aufgerufen wurde, drängte sie sich an mir vorbei, und wir hatten einen weiteren engen körperlichen Kontakt. Als ich meinen Preis, einen Putter, entgegennehmen sollte, war ich vom Sekt und von Susanna so verwirrt, dass ich fast hinausstolperte. Beim anschließenden Essen sprach ich wie immer sehr viel. Wir beschlossen, demnächst wieder einmal gemeinsam eine Runde zu spielen, und verabschiedeten uns herzlich. In gehobener Stimmung fuhr ich nach Hause.

Daheim wartete der Ernst des Lebens in Gestalt von Julia und eines mir unbekannten, kompakt aussehenden Mannes auf mich.

„Paul, das ist Kommissar Steinbeißer", sagte Julia, „er will einiges von dir wissen."

Es war keiner ihrer üblichen Scherze, der Mann hieß wirklich so. Er hatte einen Händedruck, der meine zarten Chirurgenhände fast zermalmte. Wie gerne hätte ich Julia von meinem großen Tag erzählt. Seufzend ergab ich mich meinem Schicksal. Steinbeißer quetschte mich nach allen Regeln der Kunst über die unbekannte Dame vom Vortag des Mordes aus: Wie hatte sie ausgesehen, wie war sie angezogen gewesen, was hatten wir gehört? Ich bemühte mich redlich, eine Beschreibung abzugeben, und verwies ihn auch an meinen Freund Peter.

„Den haben wir schon befragt, der hat nur eine ziemlich ungenaue Beschreibung abgegeben. Er meint aber, sie schon einmal gesehen zu haben", sagte der Kommissar. Hatte Wegrostek nicht doch noch etwas gesagt, bevor er gestorben war? Ich versicherte ihm, dass dieser bereits mausetot gewesen war.

„Er war ohne Puls und Herzschlag, als wir ihn gefunden haben", antwortete ich seufzend.

Danach wollte er wissen, warum in einer Zeitung etwas über die letzten Worte von Wegrostek gestanden sei?

„Die Erfindung eines Reporters", antwortete ich und erzählte ihm über das Honorarangebot der Zeitung – für diese Information, die ich nicht geben hatte können. Das war noch nicht das Ende. Was ich sonst noch über Wegrostek wüsste? Hatte er Feinde im Club? Gab es irgendeinen Tratsch? War im Club in der letzten Zeit etwas Besonderes passiert, es musste nichts mit Wegrostek zu tun haben. Ich dachte nach. Mir fiel zunächst nichts ein.

„Moment mal", sagte ich. „Drei Clubmitgliedern ist in den letzten Monaten das Auto gestohlen worden. Alle waren neue, teure Fahrzeuge."

„Im Club?"

„Nein, nur überhaupt."

Steinbeißer wollte wissen, um wen es sich dabei handelte. Nach einigem Nachdenken fielen mir die Namen wieder ein. Dass immer wieder viele Nobelschlitten gestohlen werden, weiß ja jedes Kind. In den Zeitungen stehen in regelmäßigen Abständen Berichte über Autodiebe aus dem Osten. Jetzt durch die Grenzöffnung ist es noch leichter geworden, gestohlene Fahrzeuge in den Osten zu verbringen.

Zum Schluss fragte ich ihn noch, ob er schon einen Verdacht hätte, ob es eine Spur gäbe, doch da zeigte sich der Commissario verschlossen wie eine Auster. Als er endlich ging, gab er mir noch seine private Telefonnummer. Er verabschiedete sich von Julia freundlich und bei mir mit seinem kräftigen Händedruck, bei dem ich wieder fast aufstöhnte. Ich wollte Julia endlich erzählen, wie gut ich heute gespielt hatte.

Julia, die mich kannte, fragte mich lächelnd: „Na, komm schon, wie ist dein neues Handicap? Ich sehe es doch an deiner Nasenspitze, dass du gut gespielt hast."

Stolz berichtete ich von den Taten des Tages, und unbarmherzig musste sie alle 18 Löcher noch einmal mit mir durchgehen. Sie ist schon eine gute Gefährtin.

Vorsichtshalber erwähnte ich Susanna als Mitspielerin nur am Rande und erzählte auch nichts über unsere Verbrüderung bzw. Verschwesterung nach dem Spiel. Julia hat es nicht besonders gern, wenn ich etwas Anerkennendes über andere hübsche Frauen sage. Wir verbrachten einen schönen Abend zu zweit. Bevor wir einschliefen, murmelte sie: „Mir scheint, ich kann dir auch im Bett ein besseres Handicap geben."

Drohungen

Wir schliefen lange bis in den Sonntagvormittag hinein. Dann frühstückten wir im Freien und plauderten. Julia hatte eine Lasagne vorbereitet und schob sie ins Backrohr. Wir aßen im Schatten der blühenden Bäume, es war idyllisch, die Vögel zwitscherten, die Teller klapperten aus den Nachbargärten, man roch ein Holzkohlenfeuer und gegrilltes Fleisch. Da läutete der Störenfried Telefon. Julia hob ab, hielt mir aber dann das Telefon hin.

„Für dich, ein komischer Mann ...“

Ich nahm das Telefon und ging damit ins Haus. Ziemlich ungehalten fragte ich, was man von mir wolle – am Sonntag. Eine Männerstimme gebot mir, den Mund zu halten und zuzuhören. Der Ton war so unangenehm, dass ich nicht, wie ich eigentlich vorhatte, auflegte.

„Wir möchten Sie warnen, halten Sie gegenüber der Polizei den Mund und erzählen Sie nichts über das, was Sie wissen.“

Als ich aufbegehren wollte, fuhr er in drohendem Tonfall fort: „Schweigen Sie, Sie haben doch Familie, der könnte schnell etwas zustoßen.“

Er legte auf, und mir wurde ganz schwindlig. Das war eine gefährliche Drohung gewesen. Aber wir waren doch in Österreich und nicht in Italien. Julia sah mich fragend an. Ich erzählte ihr von dem Gespräch, erwähnte aber nichts über die Drohung gegen meine Familie.

„Nimmst du das ernst?“, fragte sie.

Ich bejahte es.

46

„Dann ruf sofort den Kommissar an", sagte sie.

Unverzüglich wählte ich seine Nummer. Während es läutete, überlegte ich, ob ich die Stimme nicht schon einmal gehört hätte. Natürlich, sie erinnerte mich an die Stimme des Reporters, der mir vor einer Woche Geld für die letzten Worte des Opfers angeboten hatte. Der Kommissar war nicht zu Hause, aber seine Frau versprach, ihn sofort zu benachrichtigen.

Zwanzig Minuten später läutete Steinbeißer an der Tür. Noch verschwitzt vom Tennis, in Shorts und Polo, war er sofort hergefahren. Julia betrachtete seine sportliche Figur anerkennend. Wir setzten uns auf die Terrasse, und Julia wartete ihm eine Tasse Kaffee auf. Ich berichtete ihm alles über den Anruf und auch über die mutmaßliche Ähnlichkeit der Stimme mit der des Reporters. Er hatte bereits bei den verschiedenen Zeitungen recherchiert, aber man hatte ihm glaubhaft versichert, dass keine Redaktionsmitglieder bei mir angerufen hätten. Den Drohanruf schien er absolut ernst zu nehmen, denn er rief im Präsidium an, und kurze Zeit später erschien ein Auto mit zwei Männern. Diese befassten sich mit unserem Telefonapparat und schlossen ein kleines Kästchen mit einem Recorder an, damit würden alle unsere Gespräche aufgezeichnet werden. Steinbeißer erklärte mir, dass man heute sehr gute Stimmanalysen machen könne. Dann überprüften sie die Schlösser und Türen unseres Hauses und fragten mich, ob ich Waffen im Hause hätte. Wahrheitsgemäß antwortete ich, dass ich eine Schrotflinte besäße.

„Mit Waffenschein?", wollten sie wissen. Ich bejahte. Dass wir eine Alarmanlage hatten, nahmen sie zufrieden zu Kenntnis. Steinbeißer versprach, uns mehrmals am Tag einen Streifenwagen vorbeizuschicken, und empfahl uns, die Türen gut zu verschließen. Und wir sollten unsere Mobiltelefone über Nacht ins Schlafzimmer mitnehmen und schauen, dass alle Türen verschlossen waren.

„Was soll das, wir sind doch nicht in Sizilien", meinte Julia. Sie konnte einfach nicht glauben, dass wir in Gefahr waren.

Steinbeißer war nicht davon angetan, als er erfuhr, dass Julia nicht immer bei mir schlief. Um ihre Wohnung ebenfalls zu kontrollieren, dazu habe er nicht genügend Männer, meinte er.

Es war verrückt: Ein etwas zu phantasievoller Reporter hatte etwas über angebliche letzte Worte erfunden, und wir waren dadurch in einen Mordfall verwickelt. Obwohl die ganze Situation irgendwie unwirklich schien, beschlossen wir, uns an die Empfehlungen der Polizei zu halten. Julia sollte einstweilen bei mir wohnen, was mir ohnehin recht war. Ich rief auch meine Exfrau in Wien an und berichtete ihr über die Schwierigkeiten. Sie schien diese nicht wichtig zu nehmen, beruhigte mich aber insofern, indem sie mir mitteilte, dass sie in den nächsten Tagen mit unserem Sohn für einen Monat in die USA reisen werde.

Trotz oder wegen unserer Vorsicht vergingen die nächsten Tage ohne Zwischenfälle, und wir begannen uns langsam zu entspannen. Ich arbeitete wie immer, Julia bereitete ihre Abreise in den Urlaub vor und arbeitete auch abends daheim an ihren Akten.

Am Donnerstagabend besuchten wir eine Vernissage in der Galerie Bleich-Rossi. Dieses Galeristen-Ehepaar engagiert sich für die bildnerische Avantgarde, sie sind gute Freunde von uns. Wir interessieren uns immer mehr für moderne Kunst, und ich habe in den letzten Jahren schon so viele Bilder gekauft, dass Julia zu Recht meint, eine neue Küche scheine ihr vernünftiger zu sein als einen dritten Schmalix zu besitzen. Die Bleich-Rossi stellen nicht nur Bilder aus, sie präsentieren manchmal auch Konzeptkunst und Installationen. Sie sind absolute Idealisten, eigentlich Wahnsinnige, aber das sind die meisten, die sich mit zeitgenössischer Kunst einlassen. Manchmal muss man bei ihnen gute Miene zum bösen Spiel machen, und so war es auch an diesem Abend. Ein sympathischer Türke hatte in den Räumen der Galerie verschieden geformte Luftmatratzen installiert, die man auf Knopfdruck mit Staubsaugern aufblasen konnte. Einige von den Besuchern mitgebrachte Kinder taten das mit Wonne und hüpften sogleich auf den Kunstwerken auf und nieder. Die Eltern rissen ihre Sprösslinge entsetzt zurück, denn eine Matratze kostete immerhin 2500 Euro.

Mit einem Glas Welschriesling in der Hand diskutierte ich mit Aki Bleich über das Konzept der Ausstellung, als plötzlich – wie Aphrodite aus dem Meer – Susanna aus dem Gedränge geboren wurde und direkt auf mich zukam. Sie trug ein raffiniertes schwarzes Rohseidenkleid mit einem hohen Schlitz an der linken Seite, der einen gebräunten Oberschenkel preisgab, und sah unglaublich jung und sexy aus.

„Du interessierst dich für moderne Kunst?", fragte ich. Beide erröteten wir, oder waren wir es schon vorher gewesen?

„Mein Mann ist ein großer Sammler", antwortete sie mir.

Mit dem untrüglichen Instinkt einer Frau war Julia an meiner Seite aufgetaucht. Ich stellte die beiden Damen einander vor. Sie musterten sich genau, während wir freundliche Belanglosigkeiten austauschten. Ein eleganter, grau melierter Herr von ungefähr 60 Jahren trat an die Seite von Susanna, es war Herr Bernini persönlich. Er war ein sehr sympathischer Mann, ein echter Herr. Nach der allgemeinen Vorstellung mit Handküssen und Händeschütteln sprachen wir über die Kunst des 20. Jahrhunderts. Schließlich kam das Gespräch auf das Kunsthaus der Stadt Graz. Er hatte sich seinerzeit mit den Entwürfen auseinandergesetzt und war mit dem nun vollendeten Resultat überhaupt nicht zufrieden. Auch der Name „friendly alien", den man dem Bauwerk euphemistisch verliehen hat, und das für einen gestrandeten Walfisch, wie er sich ausdrückte, brachte ihn auf die Barrikaden. Er schien eine Sammlung österreichischer Kunst der ersten 50 Jahre des 20. Jahrhunderts zu besitzen und versprach, mir diese bei Gelegenheit zu zeigen. Für die derzeitige Kunstproduktion hatte er nur wenig übrig. Susanne habe ihn dazu überreden müssen, sich einmal etwas Neues anzusehen.

Die Luftmatratzen waren auch keineswegs das beste Beispiel, um ihn von der Avantgarde zu überzeugen.

Nach einigem Smalltalk verabschiedeten wir uns. Julia meinte beim Heimfahren: „Du hast mir gar nicht gesagt, wie hübsch deine Golfpartnerin von unlängst ist."

„Ist sie wirklich so hübsch?", murmelte ich scheinheilig.

„Du alter Schurke", sagte sie und rammte mir ihre Faust so zwischen die Rippen, dass ich das Auto verriss und beinahe in eine Hecke gefahren wäre, wir mussten beide lachen.

Das Lachen verging uns, als wir daheim ankamen. Ein Streifenwagen stand vor dem Haus. Auf dem Grundstück befanden sich einige Polizisten. Jemand hatte ein Fenster eingeschlagen und dabei den Alarm ausgelöst. Die Sirene hatte geheult, die Polizei war sofort zum Tatort gekommen. Die Nachbarn hatten, wie immer, wenn eine Alarmanlage heult, nicht reagiert. Erst das Erscheinen der Polizei hatte sie aus ihren Häusern gelockt. Mein Handy, das auch mich gewarnt hätte, hatte ich daheim vergessen.

Waren das normale Einbrecher gewesen, oder war es eine Warnung an mich, den Mund zu halten? Ich bat die Beamten, die den Einbruch protokollierten und nach Spuren suchten, auf alle Fälle Kommissar Steinbeißer zu benachrichtigen. Im Haus fehlte nichts, die Täter waren offenbar sofort nach Auslösen des Alarms verschwunden.

Der Privatdetektiv

Nach einer schlaflosen Nacht fasste ich den Entschluss, selbst etwas zu unternehmen. Ein Chirurg wartet nicht zu, bis eine Erkrankung vielleicht von selbst heilt. Eine Eiterbeule gehört nicht konservativ behandelt, sondern aufgeschnitten. Ich musste dem Anrufer, wer immer er war und wer immer auch hinter ihm steckte, mitteilen, dass ich nichts wusste und mit meiner Familie in Ruhe leben wollte.

Ich rief Frau Wegrostek an. Ihre Nummer und die Adresse hatte ich im Grazer Telefonbuch gefunden. Ich stellte mich vor und teilte ihr mit, welche Rolle ich beim Auffinden ihres Mannes gespielt hatte.

Sie reagierte sehr abweisend. „Was wollen Sie von mir?"

Als ich sie über die Drohungen, die ich erhalten hatte, und den Einbruchsversuch informierte, wurde sie um nichts freundlicher.

„Damit habe ich nichts zu tun", sagte sie und wollte gleich auflegen.

Ich sagte ihr nachdrücklich, dass ich nichts wüsste und dass ihr Mann mir auch keine Namen genannt hätte. Sollte sie wissen, wer mich da angerufen habe, so möge sie dies jenen Leuten ausrichten.

In eisigem Ton antwortete sie, dass auch sie nichts wisse. „Mein Mann war ein guter und korrekter Geschäftsmann, von Feinden weiß ich nichts. Ich kann mir nicht vorstellen, wer ihn umgebracht hat. Ich möchte

Sie ersuchen, mich nicht mehr zu belästigen, ich habe ohnehin genügend Sorgen."

Peng, sie musste den Hörer auf die Gabel geschmissen haben.

Trotz der Aggressivität hatte das alles nicht sehr glaubwürdig geklungen. Sie hatte irgendwie einen verängstigten Eindruck gemacht. Vielleicht wurde auch sie bedroht und hatte dazu noch die Polizei auf dem Hals. Ich fragte mich, was ich sonst noch tun könnte? Eine Überwachung? Natürlich, in Krimis wird es immer so gemacht, dass Verdächtige observiert werden. Tat die Polizei dies, wurde Frau Wegrostek beschattet? Darauf konnte ich mich nicht verlassen, bei dem chronischen Personalmangel hatte die Polizei sicher andere Dinge zu tun, als Frau Wegrostek zwei Wochen nach dem Mord noch zu beobachten.

Sie werden verstehen, dass ein hauptberuflicher Arzt nicht 24 Stunden am Tag in einem Auto vor dem Haus einer Verdächtigen herumsitzen kann. Abgesehen davon, würde mir auch jede Routine bei einer Beschattung fehlen. Daher beschloss ich, einen Detektiv zu engagieren. Ich dachte nach, hatte ich nicht einmal ein Inserat in der „Kleinen Zeitung" gelesen? Detektiv Wotruba, perfekt in Ermittlungen jeder Art?

Mein Fall schien durchaus in diese Kategorie zu passen. Ich fand die Detektei unschwer im Telefonverzeichnis und bat um einen Termin. Die angegebene Adresse war ein altes, verwinkeltes Haus in der Innenstadt. Ich musste drei Stockwerke hinaufsteigen, denn Lift gab es keinen.

Das Büro hatte wenig Ähnlichkeit mit dem von Philip Marlowe, es war sauber und modern, sachlich eingerichtet, und die Sekretärin war nicht die kurvige Velda von Mike Hammer, sondern eine nette, etwa 40-jährige Dame, neben der ein Vertrauen erweckender Computer stand. Wotruba selbst war im besten Fall mittelgroß, gut gekleidet und trug ein buntes Mascherl. Irgendwie erinnerte er mich an einen ehemaligen Kanzler. Für harte körperliche Auseinandersetzungen schien er mir nicht geeignet zu sein, aber ich wollte ihn nicht als Bodyguard, sondern als Spürnase engagieren. Ich erzählte ihm meine ganze Geschichte und meinen Wunsch, Frau Wegrostek zu überwachen.

„Das ist sicher kein Problem, wird aber einiges kosten", meinte er.

Nach kurzem innerem Aufstöhnen über die Höhe seiner Forderungen einigten wir uns auf zunächst drei Überwachungstage. Bei diesem hohen Honorar hätte ich das auch machen können. Das hätte ich auch gerne als Operationshonorar, so viel konnte ich in der Zwischenzeit gar nicht verdienen. Als ich die Treppe hinunterging, sagte ich laut und gut gelaunt den Stabreim: „Wotruba wacht über Wegrosteks Weib." Richard Wagner hätte seine Freude gehabt.

Ein Herr im Stiegenhaus betrachtete mich misstrauisch, ich kam ihm wohl etwas meschugge vor. Mit dem Gefühl, etwas Wichtiges getan zu haben, fuhr ich gut aufgelegt nach Hause.

Julia und ich verbrachten einen ruhigen Abend, und auch den ganzen Samstag blieb es friedlich, niemand schlug Scheiben ein, niemand rief an und drohte. Ich mähte den Rasen, Julia zupfte Unkraut. Es war höchste Zeit gewesen, etwas für den Garten zu tun. Am Abend sahen wir fern. Es dürfte so 30 bis 40 gute Filme geben, welche reihum in den verschieden Kanälen gezeigt werden – und das seit Jahren. Wenn es nicht Bayern, Arte und 3sat gäbe, wäre es zum Verzweifeln. Vielleicht bringt eine neue ORF-Reform doch etwas. Einen Bacher wird es nicht noch einmal geben. Die neuen Manager sind alle zu glatt und angepasst. Sie denken an Quote, Gehalt und Abfindung und nicht an den kulturellen Auftrag, den ein bezahltes Staatsfernsehen haben sollte. In Österreich haben wir ein staatlich bezahltes Werbefernsehen. Sowohl von der Programmgestaltung als auch von der Werbung her ist man den Privatsendern ebenbürtig.

Ich überlegte mir noch, welches Problem auf die Werbung in Zukunft zukommen würde, denn nach extra und super ist man nun bei mega gelandet. Megastar, Megaperlen, Megakatastrophen und Megaevents gibt es schon, und alle finden die Dinge megacool. Was wird nach mega kommen? Giga? Und dann? Ganz toll finde ich Werbesprüche wie: „Geiz ist geil." Was bedeutet das eigentlich? Du sparst, wenn du dein Geld für etwas ausgibst, was du eigentlich nicht benötigst. Der Spruch ist der Aussage nach blöd, aber fast eine Alliteration, das Gei, gei hat es in sich, fast wie das Lei Lei der Kärntner.

Oder diese Aussage eines ehemaligen Autoweltmeisters: „Ich hab' ja nichts zu verschenken." Der hat wahrlich sein Leben lang nichts verschenkt. Ich bezweifle, dass die Bank, für die er wirbt, seinetwegen bessere Geschäfte machen wird. Als moralisches Vorbild kann sein Spruch jedenfalls nicht dienen.

Müde und mit Gigakreuzschmerzen von der Gartenarbeit schliefen wir ein.

Am Sonntagnachmittag fuhren wir, wie jedes Jahr um diese Zeit, nach Stainz, um in der Kirche des Schlosses ein Konzert der styriarte zu hören. Harnoncourt würde selbst dirigieren. Mit Mühe hatten wir, schon zu Weihnachten, Karten ergattert. Gegeben wurde die Krönungsmesse von Mozart, spielen würde der Concentus musicus und singen der Arnold Schoenberg Chor aus Wien. Eine hochkarätige Veranstaltung, auf die ich mich schon freute. Vor dem Konzert fuhren wir noch auf den Reinischkogel hinauf, um beim Jagawirt eine kleine Mahlzeit einzunehmen. Die Sonne schien noch, und es war sehr warm. Nicht wenige Konzertbesucher waren auf die gleiche gute Idee gekommen, das Lokal war überfüllt. Man befindet sich dort in einem hübschen Gastgarten unter Weinreben und isst meist vorzüglich. Nicht weit von uns entfernt sahen wir Herrn und Frau Bernini inmitten einer größeren Gesellschaft sitzen. Susanna erblickte uns sofort und winkte uns freundlich zu. Wir grüßten ebenso freundlich zurück. Das war schon merkwürdig, bisher hatten wir die Berninis nie gesehen, bestenfalls von ihnen gehört, und nun trafen wir sie andauernd.

„Mir scheint, du hast da eine Eroberung gemacht", meinte Julia.

„Was sagst du da, ich sehe sie heute das zweite Mal in meinen Leben."

„Zum dritten Mal. Ich kenne dich, mein Lieber, die gefällt dir, und du schaust sie mit deinem Aufreißerblick an."

„Ich habe doch gar keinen Aufreißerblick."

„Natürlich hast du einen, mich hast du seinerzeit auch so angeschaut."

„Dich schaue ich immer so an."

„Nimm dich in Acht. Ich kann sehr eifersüchtig sein."

In diesem Moment erschien, Gott sei Dank, der Kellner, und wir konnten bestellen. Beide wählten wir das hier gezüchtete Waldschwein und einen halben Liter Schilcher mit Mineralwasser. Der Schilcher ist ein Roséwein aus dieser Gegend, ein sogenannter Direktträger. Einstmals war er die Ursache vieler Gasthausraufereien, man nannte ihn sogar Rabiatperle. Mich erfasste früher bei dem Genuss von Schilcher auch immer eine gewisse motorische Unruhe, ich konnte nie sitzen bleiben und begann immer herumzuwandern. Heute ist er ein gezähmter, durchaus trinkbarer Wein, gut als Begleiter einer handfesten Kost. Resch, das heißt sauer, ist er geblieben, vom ersten Schluck bis zum Abgang, Man muss ihn mögen. Wir aßen mit gutem Appetit und fuhren zum Schloss hinunter.

Der Schlosshof war schon mit Menschen voll. Das Schloss hat eine barocke Kirche und einen schönen Arkadenhof. Alles trug Tracht, die Grazer Gesellschaft und zahlreiche Besucher aus anderen Teilen Österreichs waren gekommen. Auch Hochdeutsch war immer wieder zu hören. Junge Burschen und Mädchen gingen herum und boten kleine Weckerln und Gläser mit Schilcher an. Wir tranken noch ein Glas und unterhielten uns mit mehreren Freunden, bis alle sich in die Kirche drängten. Stainz ist ein wunderschöner Rahmen für ein Konzert, und Kirchenmusik sollte auch in einer Kirche aufgeführt werden. Ich monierte, weil wir auf harten Kirchenbänken saßen. Dabei hatten die Karten ein Vermögen gekostet.

„Das nächst Mal möchte ich auf einem Sessel sitzen," sagte ich zu Julia, die sich mit ihrer Nachbarin unterhielt.

„Dann musst du dich selbst um die Karten kümmern," kam es zurück.

Chor und Orchester nahmen unter großem Applaus Platz. Der Maestro erschien, noch heftigerer Applaus, andächtige Stille und dann nur mehr wunderbare Musik. Der Wein, die Musik und die harte Kirchenbank hätten mich ohnehin nicht wegdösen lassen, wie es mir manchmal im Konzert passiert. Ich war hellwach und aufnahmebereit, keine Spur von Müdigkeit. Harnoncourt ist mein Lieblingsdirigent. Ich verstehe von Musik nicht viel, aber einige Male hat er in mir das Gefühl ausgelöst, die Musik verstanden zu haben.

Es dauerte ewig, bis wir zu unserem Auto gelangten. Auf dem Weg dahin sahen wir die Berninis in ihrem großen Rolls Royce, standesgemäß saß am Volant der Chauffeur in einem dunklen Anzug.

Als Julia ihn sah, meinte sie: „Der sieht aber grimmig aus, wie ein Bodyguard, den würde ich nicht neben mir aushalten."

„Wir brauchen so etwa nicht, wir sind unbedeutende Menschen in einer kleinen Stadt in einem kleinen Land. Niemand interessiert sich für uns."

Wie sich herausstellen sollte, wurden meine Worte Lügen gestraft. Für einige Menschen waren wir sogar sehr interessant.

Am Mittwoch erreichte mich im Spital ein dicker Briefumschlag der Detektei Wotruba, den ich gleich öffnete. Er enthielt einen Observationsbericht über Frau Wegrostek, und zwar von Samstag bis Dienstag, eine sauber gedruckte Liste mit Uhrzeit, Orten und allen Personen, mit denen sie in diesem Zeitraum zusammen gewesen war. Fast die ganze Zeit hatten Wotrubas Mitarbeiter oder er selbst vor dem Haus in Graz zugebracht, da Frau Wegrostek dasselbe kaum verlassen hatte. Den ganzen Samstagnachmittag und auch in der Nacht von Samstag auf Sonntag war sie zu Hause gewesen. Sie schien schlecht zu schlafen, das Licht in ihrem Zimmer hatte fast die ganze Nacht gebrannt. Mit ihr lebten noch zwei Frauen im Haus, eine ältere, ihre Mutter, und eine jüngere, das Dienstmädchen. Den Sonntag hatte sie ebenfalls nur im Haus und im Garten verbracht. Am Sonntagnachmittag hatte sie Besuch von einem Mann bekommen. Der Unbekannte war die Straße heruntergekommen und hatte das Haus so überraschend betreten, dass ihn der Beobachter beinahe übersehen hätte. Er hatte etwa eine Stunde bei Frau Wegrostek verbracht. Dem Mitarbeiter von Herrn Wotruba war es gelungen, ihn beim Verlassen des Hauses zu fotografieren. Er hatte den Mann auch kurz verfolgt, bis er in der nächsten Seitenstraße in ein dort geparktes Auto gestiegen und fortgefahren war. Er hatte sich die Zulassungsnummer notiert und war zu seinem Beobachtungsort zurückgekehrt.

Erst am Montag war Frau Wegrostek ausgegangen und zu einer Bank gefahren. Dort hatte sie eine größere Summe Bargeld abgehoben. Mit diesem Geld war sie zu ihrer Firma gefahren, wo sie bis zum Abend zu arbeiten schien. Danach kehrte sie nach Hause zurück. Um Mitternacht erhielt sie neuerlich Besuch: Der Unbekannte vom Vortag war wieder ganz plötzlich aufgetaucht. Diesmal blieb er aber nur zehn Minuten. Dem Bericht waren mehrere Fotos beigelegt. Das Bild der Mutter und das des Dienstmädchens sagten mir nichts, aber das Bild des unbekannten Mannes ließ mich fast von meinem Schreibtischsessel rutschen, in dem ich viel zu weit zurückgelehnt saß. Es war der Chauffeur der Familie Bernini. Sein hartes Gesicht mit dem bürstenähnlichen Haarschnitt war unverkennbar, und die Fotos zeigten auch deutlich seine große Gestalt. Sein Name war Gustave Flaubert, er war Franzose. Das Auto, das er in der Seitenstraße geparkt hatte, war auf eine Frau Beate Glückstein zugelassen. Wotruba hatte auch einiges über diese Dame recherchiert, sie war Geschäftsführerin bei der Firma Bernini.

Das war vielleicht ein Hammer. Was hatten die Berninis mit den Wegrosteks zu tun? Ich konnte meine Gedanken nicht ordnen. Ich griff schon zum Telefon, um Susanna anzurufen. Nein, das wäre unsinnig, ich kannte sie kaum, außerdem konnte ich nicht wissen, ob nicht auch sie in die Sache verwickelt war. Ich rief Wotruba an und bedankte mich für seine gute Arbeit. Mein Dank schien ihn zu freuen.

„Übrigens habe ich noch etwas über den Chauffeur erfahren", sagte er. „Er ist ein harter und undurchsichtiger Bursche, war früher in der Fremdenlegion. Bernini hat ihn aus Frankreich mitgebracht, er begleitet ihn immer, wenn er in den Osten fährt. Er fungiert dabei als Leibwächter. Bernini ist nämlich einmal in Polen ausgeraubt worden."

Ich dachte nach: Bernini war ein einflussreicher Mann, er musste Beziehungen zu den höchsten Kreisen unseres Landes haben, sonst hätte er nie die großen Aufträge bekommen, die ihn so reich gemacht hatten. Konnte so ein Mann etwas mit einem Mord zu tun haben? Er entsprach mehr dem Typ eines Gentleman, wenn es heute so etwas noch gibt, als dem eines Geschäftsmannes, der über Leichen geht. Die himmlische Susanna würde doch nicht mit einem Schurken zusammenleben, keinesfalls war sie seine Komplizin.

Ich rief sofort den Polizeipräsidenten an, um ihm meine Neuigkeiten mitzuteilen, denn vielleicht würde Kommissar Steinbeißer zu direkt reagieren und womöglich bekam dann Susanna ein falsches Bild von mir. Mit viel Geduld lauschte er meinem Bericht und meinen kühnen Schlussfolgerungen.

„Aha, der Arzt als Detektiv", meinte er sarkastisch. Er versprach mir aber, die Neuigkeiten an Steinbeißer weiterzugeben und den Chauffeur und Konsul Bernini in die

Ermittlungen einzubeziehen. Über den aktuellen Stand der Erhebungen wollte er mir nichts mitteilen. Es gäbe Spuren, und die führten in den Osten, das war alles, was ich aus ihm herausbrachte.

Ich legte etwas verärgert auf. Das hatte man davon, ich gab ihnen wichtige Hinweise, und sie schwiegen. So stellte sich eine gute Zusammenarbeit mit der Polizei dar. So war es ja schon Sherlock Holmes und Philip Marlowe ergangen. Sogar Hercule Poirot hatte seine Probleme bei der Zusammenarbeit mit der Polizei gehabt. Warum sollte es mir anders ergehen? Ich lehne zwar in meinem Beruf auch jedes Pfuschertum ab, aber das war ja nicht vergleichbar, hier ging es um Hausverstand und nicht um medizinisches Fachwissen.

Ich widmete mich wieder meinem Schreibtisch, las meine Post und diktierte längst fällige Briefe. Für die hauseigene Diebstahlsaffäre hatte ich bisher noch keine Zeit gehabt, denn ein Mordfall ist natürlich attraktiver. Seufzend langte ich nach den Akten und blätterte die Unterlagen lustlos durch, dann kam mir eine Idee. Ich hatte doch unter meinen jüngeren Kollegen einen Computerfreak, vielleicht konnte der die vorhandenen Daten miteinander vergleichen. Ich ließ ihn anrufen und ersuchte ihn, gleich zu mir zu kommen. Auf seine neugierige Miene hin weihte ich ihn in die ganze Sache ein und verpflichtete ihn zum Stillschweigen. Er möge doch die Dienst- und Urlaubspläne des Personals mit den Schwankungen im monatlichen Materialverbrauch vergleichen. Denn wenn der oder die Betroffenen auf Urlaub gewesen waren, könnten sie auch nichts gestohlen haben. Interessiert nahm er die Papiere in die Hand.

„Aber ich muss für den Oberarzt auch eine Statistik machen", sagte er. Um ihn für mich zu gewinnen, versprach ich, ihm in Kürze bei einer Dickdarmresektion zu assistieren. Sofort hellte sich seine Miene auf, und frohgemut verließ er mein Zimmer. So sind die jungen Chirurgen, alles, was sie wollen, ist operieren, für schriftliche Arbeiten wie das Führen von Krankengeschichten und das Diktieren von Arztbriefen sind sie sich zu gut. Zufrieden mit diesem genialen Einfall setzte ich meine Büroarbeit fort.

Ein Blick auf den Kalender ließ mich zusammenfahren. Heiliger Strohsack, am kommenden Wochenende musste ich am Ungarischen Chirurgenkongress einen Vortrag halten. Das war mir durch die Aufregungen der vergangenen Tage ganz entgangen. Ich rief einen meiner fleißigeren Oberärzte zu mir und bat ihn, mir einige unserer eigenen Daten herauszusuchen und einige Bilder anzufertigen. Er versprach es mir hoch und heilig, denn dies geht im Zeitalter der Computer natürlich ohne wesentlichen Aufwand. Ich selbst klickte die Medline im Internet an, um einige aktuelle Daten abzufragen, und stürzte mich auf die neueste Literatur des Mammakarzinoms. Ich begann, einen Text zu schreiben, denn ich wollte für die Tagung gut gerüstet sein.

Die Budapester Affäre

Am Freitag fuhr Julia in aller Früh nach Kärnten in den Urlaub. Ich sollte in ungefähr einer Woche nachkommen. Da niemand von diesem Urlaubsort wissen konnte, hoffte ich uns dort vor allen Bedrohungen in Sicherheit.

Im Spital war es wie immer: Wenn ich wegfahren will, gibt es vorher besonders viel zu operieren. Kurz vor meiner Abreise, es war bereits ein Uhr, sah ich mir noch die Powerpointpräsentation an, die mein Oberarzt rechtzeitig fertiggemacht hatte. Den USB-Stick mit dem Vortrag steckte ich ein, die Tasche mit dem Laptop warf ich ins Auto, meinen Koffer hatte ich schon am Morgen verstaut, und fuhr in den Osten. Gott sei Dank kam ich problemlos und schnell über die Grenze und konnte trotz meines überhöhten Tempos allen aufgestellten Radarfallen entgehen.

Ich erreichte Budapest erst am Abend. Der Verkehr war hier beunruhigend geworden, ohne viel auf Regeln Rücksicht zu nehmen, kamen von allen Seiten Fahrzeuge auf mich zu. Mit Müh und Not vermied ich einige Zusammenstöße. Dazu war es noch brütend heiß. Es gab kaum mehr Trabis und Skodas, so wie bei meinem letzten Besuch, aber die Luft stank immer noch entsetzlich nach Benzin. Mit den neuen westlichen Autos fahren die Einheimischen wie die Wahnsinnigen. Ich glaube, mehr als die Hälfte sind in den letzten Jahren bei uns gestohlen worden. Das ist eine wichtige und prompte Wirtschaftshilfe gewesen, wenn sie auch unfreiwillig erfolgt ist. Die Neureichen fahren selbstverständlich, wie bei uns, mit SUVs.

Mein GPS hatte einen Totalausfall, und so war ich gezwungen, auf die den Kongressunterlagen beigelegte Karte zurückzugreifen. Dabei war ich nicht erfolgreich. Ich hielt mehrmals an, um Einheimische zu fragen, wo mein Hotel sei. Dabei hielt ich ihnen den Plan hin. Dieser musste seine Tücken haben, denn alle drehten ihn ratlos in ihren Händen und zuckten die Achseln. Man war trotzdem freundlich zu mir, aber da sich meine Ungarischkenntnisse auf Worte wie étterem, also Restaurant, oder köszönöm, danke, beschränken, kam ich nicht weiter. Schließlich stoppte ich ein Taxi und bat den Fahrer, ins Hotel zu fahren, ich würde ihm folgen. Im Konvoi fuhren wir entlang der Donau, links das Parlament, rechts die Fischerbastei, und überquerten die Erzsébet Híd, die Elisabethbrücke. Kaiserin Sisi war in Ungarn – nicht nur als schöne Frau – sehr beliebt gewesen, und so hatte man eine Brücke nach ihr benannt. Ich wohnte in einem Luxushotel im Zentrum, in dem auch der Kongress stattfand. Der Taxifahrer verlangte für seine Lotsendienste ein Vermögen, aber ich war zu müde, um zu protestieren, und bezahlte. Das Auto stellte ich in die Tiefgarage, es war schon einige Jahre alt, und ich hoffte, es würde nicht die Aufmerksamkeit der Autodiebe auf sich ziehen. Es war tatsächlich auch ein Zimmer für mich reserviert, und ich checkte ein.

An diesem Abend war zur Begrüßung der Tagungsteilnehmer ein Empfang vorgesehen. Ich duschte mich rasch und ging hinunter, um daran noch teilzunehmen. Eigentlich wollte ich nicht unbedingt jemand treffen, sondern nur etwas essen. Bei ungarischen Empfängen biegen sich zwar die Tische unter den fetten und scharfen Speisen, man tut aber gut daran, sich schon beim ersten Ansturm den Teller voll zu legen. Eine zweite Chance hat man kaum, denn jedermann isst so viel, wie er ergattern kann. Nach den mageren Jahrzehnten des Kommunismus herrscht ein ungeheurer Nachholbedarf. Das ganze Volk nimmt derzeit an Gewicht zu. Bei uns ist es übrigens auch nicht viel anders. Ich war bereits zu spät – wohin ich blickte, nur mehr leere Platten. Ich ergatterte einen Teller Pörkölt und ein Stück einer unglaublich süße Torte. Während ich stehend versuchte, diese Kombination zu verzehren, kam mein alter Freund Sándor Kisbenedek auf mich zu.

„Wie geht es dir, Paul-Bácsi?", begrüßte er mich. Wir umarmten uns herzlich.

„Habe ich gute Nachricht für dich. Kannst schon morgen früh sprächen, hast den ganzen Tag dann frei", sagte er.

Das war eine gute Nachricht. Sie dürfen nicht glauben, dass ich sonst bei Kongressen spazieren gehe, aber den ganzen Tag Vorträge in einer Sprache zu hören, die noch nie von einem Ausländer erlernt worden ist, ist eine echte Strafe. Auch die Simultanübersetzung ins Englische hat dabei ihre Tücken. Denken Sie doch daran, wie Ungarn das Deutsche aussprechen. Wie zum Beispiel unser Fernsehkommentator Paul Lendvai, der seit Jahrzehnten bei uns lebt und noch immer das „Geschähän" am

Balkan kommentiert. So ähnlich klingt es auch, wenn Ungarn Englisch sprechen. Das Angenehme an Sándor ist, dass er nie über Medizin redet. Wir sprachen über die Budapester Kunstszene, und er empfahl mir einen neuen jungen Maler.

„Musst kaufän, ist wie Aktie."

Ich versprach es. Später traf ich noch einige Kollegen aus Österreich und Deutschland, und wir tranken, wie immer bei einer Tagung, einige Achterln Kékfrancos zu viel. Ich fiel in mein Bett und löschte aus wie eine Kerze.

Am nächsten Morgen wachte ich mit einem rasenden Kopfschmerz auf. Ich wankte zum Fenster und zog die Vorhänge zurück. Durch die getönten Scheiben des Hotelturmes schien die Sonne. Vis-à-vis winkten die Fischerbastei und der Königspalast, auf der Donau zogen Schlepper vorbei. Ein herrlicher Tag, und mir war so übel. Ich ging in den Frühstücksraum. Der Kaffee war bitter und koffeinfrei, mich beutelte es. Ich warf eine Tablette Parkemed ein und versuchte, eine Semmel zu essen. Langsam lichtete sich der Nebel um mich, und ich blickte auf. Ich grüßte freundlich zu Gesichtern hin, die mir bekannt schienen. Eine Menge Kollegen war schon aufgestanden und hatte sich registrieren lassen. Man erkannte sie an den Schildern mit ihren Namen, welche an der Brust prangten. Ich ging hinunter zum Kongressbüro, um das Gleiche zu tun, und zahlte dafür einen stolzen Preis in US-Dollar. Das Kassieren hatten die Ungarn rascher gelernt als manches andere. Ich traf auch Sándor, der mir versicherte, dass ich noch eine Stunde Zeit bis zu meinem Vortrag hätte. Ich gab meinen USB-Stick ab und ging aus dem Hotel, um in einem Kaffeehaus einen echten Kaffee zu trinken.

Die nahe Konditorei Gerbeaud, welche dem klassischen Typ des alten k. u. k Kaffeehauses entspricht, war mein Ziel. Trotz der frühen Stunde war es ziemlich voll, und ich musste nach einem freien Platz Ausschau halten. Aber wen sah ich da, frisch und schön wie ein Sommertag, in einem einfachen weißen Leinenkleid? Susanna, die Göttliche. Ungläubig schauten wir uns an.

„Du hier?", fragte sie.

Sie schien sich zu freuen, denn sie bot mir die Wange zum Kuss an. Wir wechselten Worte, die unseren Aufenthalt in dieser Stadt erklären sollten, und verschlangen uns dabei mit den Augen, oder zumindest ich tat es. Wir setzten uns an einen freien Tisch, und während ich einen großen Braunen bestellte, konnte ich meine Augen nicht von ihr losreißen. Ich schielte in ihr Dekolleté, und mein Blick folgte den Beinen, die durch den Schlitz im Kleid bis weit hinauf zu sehen waren, entlang in höhere Regionen. Sie war mit ihrem Mann in die Stadt gekommen, und während er weitergereist war, hatte sie beschlossen, noch einen Tag hier zu verbringen. Erst morgen wollte sie nach Graz zurückkehren. Ich orderte noch einen zweiten Kaffee, und als der kam, fiel mir ein, dass ich dringend zum Kongress zurück musste. Ich blickte auf meine Uhr, es war höchste Zeit geworden. Das Geld ließ ich am Tisch zurück, packte sie beim Ellbogen und zog sie auf die Straße.

„Ich muss nur schnell einen Vortrag halten, dann habe ich genügend Zeit, komm mit", erklärte ich ihr. Widerstandslos ließ sie sich von mir zum Hotel ziehen.

„Darf ich überhaupt zum Kongress, ich bin doch keine Ärztin?", fragte sie schüchtern.

„Kein Problem", versicherte ich ihr.

Entgegen meinen Befürchtungen waren wir nicht zu spät, sondern es war immer noch zu früh. Ungarn haben einen anderen Zeitsinn als wir. Sie fangen später an, dafür hören sie aber nie auf, zumindest beim Reden. Steht bei unseren Kongressen im Programm zehn Minuten Redezeit, so bedeutet dies bei uns zehn Minuten und keine Sekunde darüber. Der Vortragende vor mir sprach bereits eine Viertelstunde, war aber, das merkte ich sofort, noch immer bei der Einleitung. Endlich war er am Ende angelangt, er hatte seine Zeit weit überzogen. In Deutschland hätte man ihn vom Podium geholt, hier schien dies niemand zu stören.

Ich wurde aufgerufen und fuhr in die Höhe. Ich wollte nicht nur wegen der Kollegen, sondern vor allem vor Susanna einen guten Vortrag halten. Das gelang mir auch. Ich hielt ein präzises, didaktisch hervorragendes Referat in meinem besten Oxford-Englisch. Gedämpfter Beifall, niemand stellte eine Frage, niemand widersprach mir, ich hätte gern mit einem Widersacher diskutiert, um die Schärfe meines Intellekts zu zeigen, aber leider nur Zustimmung, oder war es Desinteresse?

Ich kehrte zu meinem Sitz zurück und zog Susanna nach draußen.

„Bravo, Herr Doktor, ich wusste gar nicht, dass Sie so gut Englisch sprechen", neckte sie mich.

Ich holte meinen Stick ab und wandte mich ihr zu: „Wie lange hast du Zeit?", fragte ich sie bange, denn ich wollte jede Minute ihrer Gesellschaft auskosten. Sie antworte halb schelmisch, halb ernst.

„Für dich habe ich immer Zeit."

Ich bin ein schrecklicher Realist. Ich denke immer alle Situationen konsequent durch und komme immer zu den richtigen Schlüssen. Julia sagt mir immer, ich täte ihr deswegen leid, weil ich so gar nicht romantisch sein könne. Jetzt aber hier in Budapest, wo blieb mein von mir gerühmter Realismus? Warum dachte ich diese Situation nicht vollständig und konsequent zu Ende? Weil mich ein Gefühl überkam, wie ich es von meiner Jugendzeit her kannte, alles schien möglich, ich fühlte mich frei und unbeschwert. Ich beschloss – dies allerdings ganz realistisch –, heute meinen Gefühlen nachzugeben, wohin das auch immer führen würde.

„Gehen wir doch baden", schlug ich vor, „es gibt so schöne Bäder in Budapest, ich wette, du warst sicher seit Jahren nicht mehr in einem Freibad."

Wir gingen ins nächste Geschäft und kauften uns Badeanzüge. Susanna fand einen winzigen Bikini, der Gott sei Dank nicht den ordinären Schnitt hatte, der derzeit so modern ist.

Wir sprangen in ein Taxi und ließen uns auf die Margareteninsel bringen, bezahlten ein geringes Eintrittsgeld und zogen uns in einer geräumigen alten

Holzkabine um, hintereinander natürlich. Ich war auch schon eine Ewigkeit nicht mehr in einem Bad gewesen. Wir legten uns unter einen großen Baum in den Halbschatten auf Holzpritschen. Susanna sah in ihrem roten Bikini umwerfend aus, meinem Geschmack nach vollkommen. Die Männer starrten sie nur so an. Sie war dies offensichtlich gewohnt, denn es schien sie nicht zu stören. Ich hoffte mit meinem leicht eingezogenen Bauch keine allzu schlechte Figur zu machen. Aber, so dachte ich, und das war natürlich ein bisschen gemein von mir, der Herr Bernini wird in der Badehose auch nicht besser aussehen als ich.

Ich erzählte ihr aus meinem Leben und von meinem Beruf. Es schien sie ehrlich zu interessieren. Sie erzählte mir von ihrer Jugend. Sie hatte sehr früh ihren Vater verloren, der die Familie relativ schlecht versorgt zurückgelassen hatte, und als Werkstudentin Betriebswirtschaft studiert und war dort, wo sie schon als Studentin gearbeitet hatte, nämlich in die Firma Bernini, eingetreten. Sie war rasch aufgestiegen und Chefassistentin geworden. Bernini war damals noch verheiratet gewesen, er hatte zwei Kinder aus dieser Ehe. Seine Frau war dann mit 40 Jahren an Leukämie verstorben. Zwei Jahre nach ihrem Tod hatte er um Susannas Hand angehalten, und sie hatten geheiratet. Sie sprach mit Liebe und Achtung von ihrem Mann. Seit ihrer Heirat arbeitete sie nicht mehr in der Firma, ihre Stelle wurde von einer Frau Glückstein eingenommen. Bei der Erwähnung dieses Namens war ich wie elektrisiert aufgefahren. Mit dem Auto dieser Dame war doch der Chauffeur zu Frau Wegrostek gefahren. Ich beschloss aber, alle Fragen, die mir auf der Zunge lagen, auf einen späteren Zeitpunkt zu verschieben.

Als es uns dann doch zu heiß wurde, gingen wir ins Wasser. Was soll ich Ihnen sagen, sie konnte sogar richtig schwimmen. Was soll das, werden Sie vielleicht fragen. Alle Leute können heute schwimmen. Ich aber sage Ihnen, dass heute fast niemand mehr schwimmen kann, deswegen ertrinken auch so viele. Sie versuchte, mich zu tauchen, was ihr nicht gelang. Ich fasste sie bei den Hüften, aber mit einer raschen Bewegung entglitt sie mir wie eine Meerjungfrau. Dann lagen wir wieder in der Sonne, dabei berührten sich unsere Schultern. Sie hielt meine Hand und streichelte sie. Ich verspürte Dinge, die ich eigentlich nicht verspüren sollte.

„Erzähl mir noch etwas von dir", bat sie mich.

Ich gab einige Schwänke aus meiner Studienzeit und meinem Beruf zum Besten, die sie köstlich zu amüsieren schienen.

„Du hast eine sehr attraktive Frau", stellte sie dann fest.

„Freundin", korrigierte ich sie.

„Betrügst du sie?" Na, das war eine Frage. Ich sagte vorsichtig: „Ich habe sie eigentlich noch nie betrogen."

Sie schien mir nicht ganz zu glauben. „Was heißt eigentlich?"

Bevor ich mich herausreden konnte, sagte sie: „Es ist ohnehin nicht so wichtig. Haben alle Ärzte so hübsche Frauen?", wollte sie noch wissen.

„Die meisten haben ganz passable Frauen", antwortete ich. Warum das so ist, weiß ich nicht. Wirken Ärzte durch ihren Beruf so anziehend, oder durch ihr Einkommen? Schauen Sie sich selbst um, es gibt bemerkenswert hässliche und unattraktive Ärzte, aber ihre Frauen sind meist hübsch.

Wir verspürten Hunger und Durst und gingen zum Buffet.

„Verstehst du etwas vom ungarischen Essen?", frage sie mich.

„Nicht viel", antwortete ich, „ich weiß nur, dass alles scharf ist und nach Gulasch schmeckt, nur wenn man ein Gulasch bestellt, bekommt man eine Suppe."

Genau das taten wir und bekamen eine Gulaschsuppe. Dazu tranken wir österreichisches Bier. Die Schatten waren inzwischen länger geworden, aber es war noch immer herrlich warm. Wir gingen noch einmal ins Wasser, um uns abzukühlen. Susanna schlug vor, in den Norden Budapests zu fahren, wo wir in einem kleinen Fischerdorf richtig Abendessen könnten. Mir war dies nur recht. Wir ließen uns von den letzten Sonnenstrahlen trocknen und gingen dann zu den Umkleidekabinen. Unsere Körper waren zwar vom Schwimmen abgekühlt, die Haut schon wieder warm von der Sonne. Ich sperrte die geräumige Kabine auf, Susanna stand so nahe bei mir, dass ich sie berührte. Ohne dass ich wusste, wie es geschehen war, standen wir auf einmal in der Kabine und küssten uns. Die Tür fiel zu, und der Kuss endete nie, wir lagen am Boden und liebten uns mit einer Intensität und Leidenschaft, wie ich es nie für möglich gehalten hätte. Susanna war eine temperamentvolle Frau. Liebe am Boden einer Badekabine, es war so wunderbar wie die Liebe in der Jugend.

Nach dem Höhepunkt unserer Vereinigung blieben wir noch minutenlang liegen.

„Du Lieber", sagte sie.

Ohne Verlegenheit oder Scham erhoben wir uns und kleideten uns an. Hand in Hand verließen wir die Badeanstalt.

Mit einem Taxi fuhren wir nach Szentendre, auf Deutsch St. Andrä. Hand in Hand gingen wir durch das pittoreske Dorf und ließen uns vom Touristenstrom treiben. Wir fanden ein kleines Restaurant in einem Garten, wo wir bei Kerzenlicht aßen und tranken. Wir erzählten uns alles, was uns bewegte, und berührten uns dabei zärtlich mit den Händen. Unter dem Tisch hatten unsere Beine Kontakt.

Wer damit angefangen hatte, weiß ich nicht, aber wir kamen auch auf den Mord am Murhof zu sprechen. Sie fragte mich, ob es stimme, dass Wegrostek noch gesprochen habe. Ich versicherte ihr, dass er mausetot gewesen sei. Ohne auf Details einzugehen, erzählte ich ihr, dass ich über Wegrostek Erkundigungen eingeholt hatte und wisse, dass er noch vor wenigen Jahren verschuldet gewesen, aber dann plötzlich zu großem Reichtum gekommen sei.

„Wahrscheinlich war er in kriminelle Machenschaften verstrickt. Irgendwelche Geschäfte mit gestohlenen Autos."

„Ich habe noch nie etwas von diesem Menschen gehört", sagte sie. „Wer hat dir das alles erzählt?"

„Ein Rechtsanwalt, den ich kenne, hat mir gesagt, er habe plötzlich alle seine Schulden bezahlen können."

Von meinem Detektiv und seinen Berichten erzählte ich ihr nichts. Sie lächelte mich an, fasste meine Hand und drückte sie zärtlich. Daraufhin fasste ich mir ein Herz und fragte sie über ihren Chauffeur aus.

„Warum willst du etwas über ihn wissen?", fragte sie.

Nicht ganz aufrichtig sagte ich ihr, dass er auf mich nicht den Eindruck eines richtigen Chauffeurs gemacht habe.

„Ist er auch nicht", sagte sie, „er ist eigentlich der Leibwächter meines Mannes, wenn dieser in den Osten zu Geschäften fährt. Mein Mann wurde vor einigen Jahren in Polen überfallen und ausgeraubt. Deswegen hat er jemand eingestellt, der ihn neben dem Chauffieren auch beschützen kann. Er ist übrigens Franzose und hat in der Fremdenlegion gedient."

Ich meinte, dass er mir nicht ganz geheuer sei und ich einen so harten Burschen nicht um mich haben möchte. Susanna sagte, dass sie sich in seiner Gesellschaft ganz wohl fühle, er sei zu ihr sehr nett. Er sei übrigens von Frau Glückstein empfohlen worden. Ich hörte auf, weiter nachzubohren, um nicht die Stimmung des Abends zu zerstören.

Wir fuhren in die Stadt zurück, und sie ging mit mir in mein Hotel, ohne sich eine Minute zu zieren. Wir liebten uns wieder leidenschaftlich, aber diesmal ruhiger und bewusster, und schliefen eng umschlungen ein.

Als ich am Morgen erwachte, war das Bett neben mir leer, auf dem Kopfkissen lag ein Zettel von Susanna: „Es war wunderbar, danke", stand da.

Ich wusch und rasierte mich und ging in bester Laune zum Frühstück. Ich trank den scheußlichen Kaffee ohne Murren und begab mich zur Tagung. Ich musste an einem Rundtischgespräch teilnehmen. Sándor traf ich im Foyer des Hotels.

„Warum warst du gestern nicht auf Bankett, Essen war härrlich", begrüßte er mich vorwurfsvoll. Ich stammelte etwas von verschlafen zu haben.

„Mach kein Schmäh, du warst bei Damen, denk ich mir."

In guter Laune und äußerst milde gestimmt nahm ich am Rundtischgespräch teil. Nur einem ebenfalls anwesenden Gynäkologen, welcher darauf bestand, dass von nun an nur mehr die Gynäkologen die weibliche Brust operieren dürften, musste ich einen Verweis erteilen.

„Die Brust gehört den Chirurgen und nicht den Gynäkologen", beharrte ich unter dem Beifall der anwesenden Chirurgen. „Wir waren die Ersten, die sich um die Brust gekümmert haben."

Durch die Überproduktion von Ärzten ist die Konkurrenz so groß geworden, dass manche Fächer sich um einzelne Organe zu streiten begonnen haben. Die Gynäkologen haben ihre Liebe zur weiblichen Brust erst in den letzten Jahren entdeckt und wollen diese den Chirurgen, welche sich seit über 100 Jahren damit befassen, wegnehmen. Der Ausgang dieses Streites ist noch nicht entschieden, so greifen derzeit beide Fächer nach diesem schönen Organ.

Ich verabschiedete mich von Sándor, zahlte, nahm Koffer und Laptop, verstaute beides im Auto, das glücklicherweise noch immer in der Tiefgarage stand, und fuhr in den Westen. Während der Fahrt dachte ich über den gestrigen Tag nach. Mir war klar, dass es sich bei der Geschichte mit Susanna nur um ein einmaliges Ereignis gehandelt hatte. Wir wollten beide keine Affäre beginnen. Es hatte sich aber mit einer solchen Selbstverständlichkeit ereignet und es war so schön gewesen, dass ich weder Reue verspürte noch ein schlechtes Gewissen gegenüber Julia hatte. So sind wir Männer. Aber ich glaube inzwischen schon lange, dass Frauen genauso sind. Wie käme es sonst zu solchen Abenteuern? In Gedanken über die Möglichkeiten und Vorteile der Polygamie kam ich daheim an.

Interessante Entwicklungen

Mein Haus war unversehrt, nichts war aufgebrochen oder nachgesperrt worden, alle Bilder hingen an den Wänden, und alle Teppiche lagen auf den Böden. Das beruhigte mich. Am Montag saß ich wie immer um acht Uhr bei der Morgenbesprechung. Ich hatte zur Erleichterung meiner Mitarbeiter nicht viel über die Highlights des Kongresses zu berichten. Immer wenn ich ein paar Tage weg bin, und sei es nur wie in diesem Fall ein verlängertes Wochenende, erwartet mich gewöhnlich viel Arbeit und Ärger. Obwohl es Sommer war, wollten sich immer noch viele Leute operieren lassen. Am Dienstag war ich mit der Arbeit wieder einigermaßen auf dem Laufenden und hatte die Zügel der Abteilung wieder in der Hand, und so war es möglich, am späten Nachmittag noch rechtzeitig auf den Golfplatz zu entkommen.

Wen sah ich da auf der Driving Range stehen und eifrig üben? Meinen Freund Peter. Ja, um ein Single Handicap zu behalten, muss man fleißig sein. Er war vom Urlaub zurückgekommen, natürlich von einem Golfurlaub. Ich verschleppte ihn auf eine gemütliche Runde, und wir besprachen dabei den Fall Wegrostek. Er teilte mir mit, dass er jetzt wisse, wer die geheimnisvolle Schöne vom Vorabend des Mordes gewesen sei. Er erinnere sich, sie einmal gemeinsam mit Bernini gesehen zu haben. Zuerst habe er geglaubt, sie sei seine Frau, dann habe man ihm aber gesagt, dass sie eine Mitarbeiterin von ihm sei. Mir kam eine Erleuchtung. Es konnte sich dabei nur um Frau

Glückstein handeln. Das passte auch gut mit dem Bericht von Wotruba zusammen. Die Dame war garantiert in den Mordfall verwickelt. Ich teilte Peter dies aber nicht mit, denn ich wollte nicht, dass zu viele Leute davon wussten. Bei dieser Runde spielte ich nicht besonders gut, denn beim Golf braucht man, ich habe es schon erwähnt, völlige Konzentration. Peter gewann hoch. Er hat nicht nur einen guten Schwung, sondern ein bestechendes kurzes Spiel. So viel Gefühl wie er werde ich nie besitzen. Seine Chips sind unübertroffen.

Am gleichen Abend rief ich Kommissar Steinbeißer an, um ihn über die neuesten Entwicklungen zu befragen. Er meinte kryptisch: „Wir haben gewisse Fortschritte gemacht." Welche wollte er mir nicht sagen.

„Bei Ihnen ist alles in Ordnung, keine Einbrüche, keine neuen Drohungen?" Ich verneinte und beendete die Unterhaltung. Solange er mir nichts über seine Ermittlungen sagte, würde er von mir auch nichts erfahren. Ich rief meinen Mascherl tragenden Detektiv an, der trotz später Stunde noch in seinem Büro war, und bat ihn, neue Ermittlungen anzustellen und nicht nur den Chauffeur, sondern auch Frau Glückstein in diese einzubeziehen. Ich wollte von ihm auch ein Foto von Frau Beate Glückstein haben. Er versprach weiterzuarbeiten. Steinbeißer würde schauen, wenn ich den Fall vor ihm aufgeklärt hätte.

Der nächste Tag verging mit viel Arbeit, ohne dass ich etwas Neues erfuhr. Ich telefonierte mit Julia. Sie erzählte mir, dass es ihr gut gehe, das Wetter in Kärnten schön sei und sie sich hervorragend unterhalte, sie habe eine Reihe von Bekannten getroffen, auch den Richter Hofer, der wie immer sehr nett gewesen sei. Damit wollte sie mich ärgern, denn ich kann diesen aufgeblasenen selbstgerechten Menschen nicht ausstehen. Ich war mit ihm nämlich in dieselbe Schule gegangen und kannte ihn noch von dort. Schon damals war er ein Angeber gewesen, und seit er einen Aufsehen erregenden Zuhälterprozess geleitet hatte, war er überhaupt nicht mehr zu ertragen. Er hat Julia seit jeher nachgestellt. Ich versprach ihr, Freitag oder spätestens Samstag nachzukommen.

Der Herr Verwalter rief mich an und wollte wissen, ob ich mit meinen Nachforschungen über die Diebstähle im OP schon weitergekommen sei. Ich verneinte dies und ließ dann sofort meinen Computerspezialisten kommen.

„Na, wie schaut es aus?", fragte ich ihn.

„Nicht schlecht", meinte er, „die ersten Verdächtigen habe ich schon ermittelt."

Wir setzten uns zum Bildschirm, er spielte mit einem Stick seine Daten ein. Er hatte richtigerweise nicht nur das Pflegepersonal, sondern auch die Ärzte in seine Datei einbezogen. Zunächst zeigte er mir anhand einer Grafik den Verbrauch der medizinischen Güter. Der Materialverbrauch wies deutliche Spitzen und Schwankungen auf. Seit etwa drei Jahren war eine kontinuierliche Zunahme im OP-Bereich festzustellen, welche nicht der Zunahme der operativen Tätigkeit entsprach. Im vergangenen Jahr hatte sich der Verbrauch verdoppelt. Die Höhepunkte lagen im April, Mai und im September. Im Juli und August war der Verbrauch ähnlich wie in den

Jahren zuvor. Wir sahen nun auf der Personalliste nach, wer in den Monaten der Verbrauchsspitzen auf Urlaub gewesen war und wer gearbeitet hatte, denn wenn man auf Urlaub ist, kann man nicht stehlen. Eine ganze Anzahl von Personen war zu den Diebstahlszeiten da gewesen, insgesamt waren es vier Ärzte, sechs Schwestern und drei OP-Gehilfen. Wie konnte man aus diesen den oder die Täter herausfinden?

Ich rief die Verwaltung und die Apotheke an und fragte, ob man den Bezug der medizinischen Artikel nicht auch wöchentlich ermitteln könne, denn dann könnte man vielleicht nicht nur die Urlaube, sondern auch die Nachtdienste mit einbeziehen und damit den Täterkreis weiter einengen. Sie versprachen mir, es zu versuchen. Ich hatte eine weitere Idee: Wenn nun zwei oder mehrere Personen zusammenarbeiteten, so würden sie diese Diebstähle am besten während eines Nachtdiensts durchführen, den sie gemeinsam machten. Mein Kollege zeigte mir seine Statistik. Bei drei Ärzten und drei Schwestern gab es eine auffällige Häufung von gemeinsamen Nachtdiensten. Eine Paarung hatte im letzten Jahr aufgehört, ein weiteres Paar war zu einer anderen Zeit als im Juli oder August auf Urlaub gewesen, ein Paar machte zusammen Nachtdienst und war zu der in Frage kommenden Zeit anwesend gewesen. Der Großteil dieser Personen war verheiratet oder stand in eheähnlichen Beziehungen. Weitere auffällige Paarungen betrafen Schwestern und OP-Gehilfen. Hier kamen nach Berücksichtigung der Umstände ebenfalls zwei Paare in Betracht. Auch diese waren verheiratet, natürlich mit anderen Partnern. Ich seufzte, denn ich glaubte nicht unbedingt, dass alle diese Paarungen nur aufgrund eines Zufalls oder der guten Zusammenarbeit zustande gekommen waren. Während eines gemeinsamen Nachtdienstes kann man neben der Arbeit auch noch andere Dinge tun. Meine Abteilung schien ein Sündenbabel zu sein. Bei einigen Mitarbeitern hatte ich mir schon gedacht, dass da etwas lief, aber gleich bei so vielen? Ich hoffte, dass es wenigsten bei der jungen, unschuldig aussehenden Schwester Gabriela nicht stimmte. Dass die sich mit diesem unsportlichen und verheirateten Oberarzt eingelassen hatte, wollte mir nicht eingehen, aber wer versteht schon die Frauen?

Mein Mitarbeiter hatte die ganze Aktion grinsend verfolgt. Ich lobte ihn für seine gute Arbeit, ermahnte ihn aber, Stillschweigen zu bewahren. Wir besprachen das weitere Vorgehen nach dem Einlangen neuer Daten. Zum Dank für seine exzellente Arbeit setzte ich ihn als Operateur für eine Darmoperation aufs Programm des nächsten Tages, ich selbst würde ihm dabei assistieren.

Am Freitagmorgen lag auf meinem Schreibtisch wie immer die „Kleine Zeitung". In Balkenlettern stand auf der Titelseite: „Auto 100 m in die Schlucht gestürzt, Fahrer überlebt." Ich lese immer die Berichte über die Unfälle in den Lokalzeitungen, da ich berufliches Interesse daran habe. Nicht selten landen die Opfer in meiner Abteilung, und wir müssen sie zusammenflicken. Aus unbekannter Ursache war ein Auto in der Nähe von Weiz in einer Kurve von der Straße abgekommen und über einen Abhang in eine Schlucht gestürzt. Zum Glück war der Wagen wenige Meter vor dem Fluss in einem Gestrüpp hängen geblieben. Dieser Strauch hatte dem Fahrer das Leben gerettet, er wäre sonst ertrunken. Er war tatsächlich mit unbestimmten Verletzungen in unser Spital eingeliefert worden. Ich dachte nur: typischer Fall von „betrunkener Steirer im Glück".

Gegen Mittag rief ich in Wotrubas Büro an, denn ich wollte noch vor dem Antritt meines Urlaubs wissen, ob es schon etwas Neues gebe. Die Sekretärin meldete sich mit schwacher Stimme:

„Herr Wotruba ist nicht zu sprechen, er hat einen Unfall gehabt." Sie fügte hinzu: „Er ist in eine Schlucht gestürzt, es steht ohnehin in der Zeitung."

Ich war wie vom Donner gerührt, bedankte mich und legte auf. Wotruba hatte Schlagzeilen gemacht, aber nicht solche, wie er es sich vielleicht gewünscht hätte. Ich bat meine Sekretärin, die übrigens auf den schönen Namen Simone hört, herauszufinden, wo ich den armen Kerl finden könne. Nach einigen Telefonaten ihrerseits wanderte ich Richtung Intensivstation. Wotruba sah nicht gut aus und war noch nicht voll ansprechbar. Sein Kopf war bandagiert, unter den Augen hatte er große Brillenhämatome, die linke Hand war in Gips, und an der rechten hing eine Infusion. Er atmete aber ruhig und regelmäßig.

Mein Freund Jürgen, der Chefanästhesist, gab mir über seine Verletzungen Auskunft. Er hatte ein mittelschweres Schädelhirntrauma, einen Speichenbruch, Rippenbrüche und einige Rissquetschwunden. Er sei schon ansprechbar, wusste jedoch nichts über den Unfallhergang.

„Warum interessierst du dich für einen Detektiv?", fragte er, neugierig wie es alle Anästhesisten sind.

Ich gab eine ausweichende Antwort.

„Ich weiß schon warum", sagte er, „du bist eifersüchtig und hast Julia überwachen lassen. Wahrscheinlich betrügt sie dich, weil du so ein Ekel bist. Solltet ihr euch trennen, so lass es mich wissen."

Das war typisch für ihn. Ich weiß, dass er seit Langem ein Flugerl auf Julia hat. Nur allzu gern möchte er bei ihr landen. Aber er ist ohnehin ein Panerotiker und die meisten Frauen gefallen ihm. Ich musste mich aber trotzdem vor ihm in Acht nehmen, denn er war nicht ohne Charme.

Ich ging in mein Büro zurück, um noch die letzten Briefe vor meinem Urlaub zu diktieren. Am Nachmittag brachte mir meine Sekretärin einen dicken Umschlag mit dem Absender der Detektei Wotruba herein, der gerade mit dem Express Mail Service angekommen war. Ich öffnete den Umschlag ungeduldig. Er enthielt einen vorläufigen Bericht. Diese Firma kann man wirklich weiterempfehlen. Wotruba hatte sofort mit der Arbeit begonnen und dabei wieder einiges herausgefunden. Er hatte seinen Bericht noch vor seinem Unfall fertigmachen und übermitteln können.

Ein beigelegtes Foto zeigte, dass es sich bei Frau Glückstein tatsächlich um die Unbekannte vom Golfplatz handelte. Ein kurzes Dossier enthielt folgende Informationen: Sie war eine geborene Polin, 42 Jahre alt, was man ihr aber nicht ansehe. Mit 18 Jahren war sie zum Zwecke eines Studienaufenthalt in den Westen gekommen und hier geblieben. Sie hatte einen deutschen Staatsbürger, einen Herrn Glückstein, geheiratet, von dem sie sich aber bald scheiden ließ. Sie hatte in Deutschland und in Frankreich gelebt, bis sie vor acht Jahren nach Österreich gekommen war. Wegen ihrer Sprachkenntnisse – sie sprach neben Deutsch, Französisch und Polnisch auch Russisch – war sie bei Bernini angestellt worden. In der Firma war sie rasch aufgestiegen und hatte nach der Heirat von Susanna mit dem Chef deren Stelle eingenommen. Sie besaß eine große Wohnung, voll mit alten Bildern und Möbeln, fuhr eine deutsche Luxuskarosse und kaufte nur in den teuersten Boutiquen ein.

Diese Informationen hatte Wotruba von einer Angestellten erhalten, die der Glückstein offenbar nicht gut gesinnt war. Wie er an diese Dame herangekommen war, teilte der Bericht nicht mit. In der Firma lief das Gerücht, dass die Glückstein mit dem Chauffeur ein Verhältnis habe, mit dem sie nur französisch spreche. Wotruba hatte alle ihre Bewegungen überwacht und aufgezeichnet. Dabei war nichts Ungewöhnliches festzustellen gewesen. Das einzig Interessante war, dass sie tatsächlich mit dem Chauffeur ein Verhältnis zu haben schien, denn er war eine ganze Nacht lang in ihrer Wohnung geblieben. Ob der Herr Konsul wusste, dass seine rechte Hand mit seinem Chauffeur verbandelt war?

Na gut, das war alles interessant, und ich wollte vor meiner Abreise noch einmal mit dem Kommissar darüber reden. Ich steckte das Dossier in den Umschlag zurück und verstaute ihn in meiner Tasche.

Der Überfall

Ich kam an diesem Abend so spät nach Hause, dass ich
zu müde war, um den Kommissar anzurufen oder gar
noch nach Kärnten zu fahren. Ich sagte Julia telefonisch
ab, dann schlang ich ein Käsebrot hinunter, nahm mir
eine Flasche Bier aus dem Kühlschrank und setzte mich
vor die Glotze. Ein 90-jähriger Derrick versuchte, einen
Mordfall zu lösen, und ein 70-jähriger Assistent half ihm
dabei. Ich schlief sofort ein. Um Mitternacht erwachte ich
mit einem etwas steifen Nacken, erhob mich und wankte
ins Schlafzimmer. Wie immer wenn ich den ersten Schlaf
vor dem Guckkasten verbringe, konnte ich schlecht wieder einschlafen. Unruhig wälzte ich mich hin und her.
Plötzlich fuhr ich auf. Ich hatte ein Geräusch gehört, das
sich von den üblichen Nachtgeräuschen deutlich unterschied. Ein metallischer Gegenstand war auf den Boden
gefallen. Plötzlich war ich hellwach. Ich erhob mich und
ging zum Fenster, das offen war, die Vorhänge waren nur
teilweise zugezogen. Mein Schlafzimmer liegt im ersten
Stock, auf jener Seite des Hauses, die der Straße zugewendet ist. Ich spähte hinaus. Etwa 40 Meter weiter unten am
Weg stand ein Lieferwagen, der keinem meiner Nachbarn
gehörte. Neben dem Wagen, tief im Schatten der Bäume,
sah ich die Gestalt eines Mannes. Ich ging zum anderen
Fenster: Das Gartentor stand weit offen. Auf dem kleinen Vorplatz stand ein weiterer Mann. Aber es musste
noch jemand da sein, da ich hörte, dass sich irgendwer
an der Haustüre zu schaffen machte. Sehen konnte ich

ihn nicht, da die Türe unter einem Vordach liegt. Mich packte ein unglaublicher Zorn – man wollte bei mir einbrechen. Was fiel diesen Gaunern ein? Ich riss mich zusammen, musste klar denken: Die Alarmanlage war ausgeschaltet, weil ich im Haus war, das Schnurlostelefon lag wie immer unten im Vorraum, das Handy war im Arbeitszimmer in meinem Aktenkoffer. Ich hatte die Ratschläge von Steinbeißer nicht befolgt und konnte daher auch die Polizei nicht verständigen. Ich versperrte die Türe des Schlafzimmers, denn ich wollte nicht überrascht werden, holte mir die Schrotflinte und eine Schachtel Munition aus dem Kleiderschrank, wo ich sie immer aufbewahre. Sie lag vertraut in meinen Händen wie eine langjährige Geliebte. Mit einer raschen Bewegung lud ich sie und füllte meine Pyjamataschen mit Reservemunition. Wieder aus dem Fenster spähend, hörte ich die Einbrecher flüstern, sie hatten offenbar die erste Türe aufgemacht und einer stand bereits im kleinen Vorzimmer. Gott sei Dank schien ich die zweite Türe versperrt zu haben. Ich steckte den Lauf durch das offene Fenster und feuerte einen Schuss neben den Kerl am Vorplatz in den Boden ab und einen zweiten auf den Lieferwagen, dessen Heckscheibe barst. Ich sprang vom Fenster weg und lud wieder durch. Das war mein Glück, denn unmittelbar nach meinen Schüssen krachte es, und die Scheibe des Fensters, aus dem ich geschossen hatte, zersprang. Wildes, unverständliches Geschrei war zu hören. Ich schaute vorsichtig durch das zweite Fenster. Der Kerl, der neben dem Auto gestanden hatte, war eingestiegen und hatte den Motor schon gestartet. Der Mann vom Vorplatz lief darauf zu, der dritte stürzte gerade aus dem Haus, hielt eine Pistole in der Hand und gab einen weiteren Schuss auf das Fenster ab. Das ganze Szenario, die Unglaubwürdigkeit, dass man auf mich geschossen hatte, alles zusammen machte mich so zornig, dass ich sie nicht ungeschoren entkommen lassen wollte. Ich zielte auf die Beine des Einbrechers, der aufschrie und zusammenzuckte, dann gab ich noch einen Schuss auf die Hinterreifen des Autos ab. Der Unverletzte zerrte den Angeschossenen ins Auto, und sie fuhren mit aufheulendem Motor davon, schlitterten durch die erste Kurve und kamen viel zu schnell in die zweite, dann hörte ich es nur mehr krachen.

Ich hatte keine Lust hinzueilen, sie zu stellen oder gar Erste Hilfe zu leisten. In aller Ruhe ging ich hinunter zum Telefon und rief die Polizei an, danach die Rettung. Zuletzt rief ich noch meinen Freund Steinbeißer an und holte ihn aus tiefem Schlaf, er stammelte nur einige schlaftrunkene Worte ins Telefon.

Die Polizei musste aber auch schon von einem der Nachbarn verständigt worden sein, denn nur wenige Minuten danach hörte ich bereits das Folgetonhorn. Erst als ich das erste Blaulicht durch die Bäume blinken sah, verließ ich das Haus und ging, immer noch die treue Flinte geknickt im Arm, die Straße hinunter. Der Lieferwagen steckte zur Hälfte in einem Gartenzaun. Zwei Ganoven lagen stöhnend am Boden, und vier Polizisten und die ersten Nachbarn umstanden den makabren Schauplatz. Ich näherte mich langsam und stellte mich vor.

Als Erstes nahmen mir die Vertrauen erweckenden Männer in Blau mit den Worten „Nix für ungut, Herr Doktor" die Flinte ab.

Ich beugte mich über die beiden Einbrecher und untersuchte sie. Der eine hatte eine große Platzwunde am Schädel, die er sich wahrscheinlich beim Anprall des Autos gegen den Zaun zugezogen hatte. Er war noch benommen. In der Eile der Abfahrt hatte er es verabsäumt, sich ordnungsgemäß anzuschnallen. Typisch für einen Gesetzesbrecher. Man legte ihm Handschellen an. Der andere saß jammernd vor dem Auto und hielt sich ein Bein. Er hatte einen Teil meiner Schrotladung in den Unterschenkel abbekommen und blutete aus einigen Löchern, aber der Knochen war stabil geblieben. Der Lieferwagen selbst war ziemlich beschädigt so wie auch der Zaun, in dem er steckte. Ich bemerkte dies nicht ohne Schadenfreude. Der Besitzer des Zaunes stand klagend daneben und fragte die Polizei, wer ihm wohl den Schaden ersetzen würde. Ich vergönnte es ihm, denn ich war einmal im Winter bei Glatteis in diesen Zaun hineingerutscht, und er hatte bei mir unbarmherzig abkassiert. Erst später hatte ich erfahren, dass der Zaun schon vorher von einem anderen Auto beschädigt worden war und er schon einmal dafür Geld bekommen hatte.

Der dritte Mann war verschwunden, er musste sich quer durch die Gärten abgesetzt haben. Die Burschen waren schwer bewaffnet gewesen, die Polizei hatte zwei Pistolen und eine Pumpgun sichergestellt. Beide Knaben antworteten auf sämtliche Fragen nur mit: „Nix deitsch."

Als die Rettung mit den beiden Gangstern und zwei Polizisten abgefahren war, ging ich mit den beiden anderen Blauen zu meinem Haus hinauf. Kaum waren wir dort angelangt, traf auch schon Commissario Steinbeißer mit einer ziemlich hübschen Assistentin ein. Ich erzählte der versammelten Polizeitruppe die Geschichte des Feuergefechts mindestens zweimal und demonstrierte den misstrauischen Beamten den ganzen Hergang. Obwohl ich meinen Waffenschein hergezeigt hatte, nahmen sie meine Flinte mit. Ich sollte am nächsten Tag auf die Polizeidirektion kommen und ein Protokoll unterschreiben, meine Waffe würde ich dann zurückbekommen. Sie untersuchten die Türen auf Fingerabdrücke, und ich zeigte ihnen die Stelle, an der die Kugeln in der Täfelung des Schlafzimmers eingeschlagen hatten. Sie bohrten sie heraus, es waren wichtige Beweisstücke. Endlich verließen sie mich, nur Steinbeißer blieb zurück.

Er sah mich lange an und fragte: „Was glauben Sie, was diese Leute von Ihnen wollen?"

Ich hatte schon darüber nachgedacht. Das waren keine Gelegenheitseinbrecher, das waren schwere Jungen. Die ganze Angelegenheit war sorgfältig geplant gewesen. Man hätte das Haus während meiner Abwesenheit leicht ausräumen können, wenn man es auf einen Einbruch abgesehen hätte. Die aber hatten es auf mich abgesehen.

So antwortete ich ihm: „Die wollten mich umlegen."

„Das glaube ich auch", meinte er. „Übrigens, wo haben Sie denn so gut schießen gelernt?"

Sie werden sich das wahrscheinlich auch schon gefragt haben. Ich habe Ihnen bereits eingangs erzählt, dass ich in meiner Jugend viel Sport betrieben habe, Schießen war ebenfalls darunter. Ich habe viele Jahre trainiert und bin beim Tontaubenschießen sogar einmal in einer österreichischen Auswahl gestanden. Als ich dies meinem Commissario erzählte, schien er davon richtig beeindruckt zu sein.

„Sie werden übrigens ein Verfahren wegen der Verletzung des Einbrechers haben."

„Kann sein, ist mir aber egal."

„Er wird Ihnen nichts passieren, ich werde Sie mit meinem Bericht entlasten."

Inzwischen hatten die Vögel zu zwitschern begonnen, es war hell geworden. Ich machte uns beiden einen Kaffee und teilte mit ihm brüderlich mein letztes trockenes Weißbrot. Beim Frühstück erzählte ich ihm mit schlechtem Gewissen, was ich bisher in der Angelegenheit unternommen und herausgefunden hatte. Ich teilte ihm mit, dass ich glaubte, dass mein Privatdetektiv wahrscheinlich nicht einem Unfall, sondern einem Mordanschlag zum Opfer gefallen sei. Sein Gesicht wurde bei meiner Erzählung noch kantiger, es tat seinem Namen alle Ehre. Ich übergab ihm beide Berichte von Wotruba. Er las sie, sprang auf und ging in der Küche hin und her.

„Glauben Sie, dass der Herr Bernini dahinter steckt?", fragte er mit zusammengebissenen Zähnen.

Ich zuckte die Achseln, ich wusste es nicht, es war schwer vorstellbar, dass meine Susanna mit einem Schurken verheiratet sein könnte. Mein Intermezzo mit ihr in Budapest hatte ich natürlich bei meiner Erzählung ausgelassen.

„Was machen wir mit Ihnen? Sie sind in Gefahr", stieß er besorgt hervor.

Ich teilte ihm mit, dass ich mich noch heute an einen Ort begeben wollte, von dem niemand etwas wisse. Das schien ihn etwas zu erleichtern.

„Vielleicht erwischen wir die Gauner, bevor Sie zurückkommen", sagte er.

Wir versprachen beide hoch und heilig, uns von nun an uns alles mitzuteilen und zusammenzuarbeiten. Um sieben Uhr morgens verließ er mich.

Ich rief meine treue Anni an und bat sie, ausnahmsweise schon heute zu kommen und mir bei den Aufräumungsarbeiten zu helfen. Weiters telefonierte ich mit meiner Sekretärin, natürlich war sie zu Hause, es war ja bereits Samstag, und erzählte ihr einen Teil der Geschichte. Ich schärfte ihr ein, niemand mitzuteilen, wo ich mich auf Urlaub befände. Sie ist eine hervorragende Sekretärin, die stets so gut über mich informiert ist, dass ich erst gar nicht versuchen würde, vor ihr etwas zu verheimlichen. Selbst wenn ich eine Geliebte hätte, würde ich sie darüber aufklären, da sie ohnehin alles herausfinden würde.

Es dauerte eine Zeit lang, bis ich am Samstag einen Glaser auftreiben konnte, der bereit war, den Schaden zu reparieren. Inzwischen war Anni eingetroffen und hatte wegen der ganzen Geschichte und wegen der Glassplitter im Schlafzimmer die Hände über dem Kopf zusammengeschlagen. Sie machte sich gleich an die Arbeit. Ich packte ohne viel zu überlegen meine Koffer und stellte sie zu dem Golfbag, der bereits im Kofferraum lag, und verabschiedete mich von Anni. Sie versprach mir, auf den Glaser zu warten und hinter ihm das Haus zu verschließen.

Ich fuhr ins Polizeipräsidium, fand Steinbeißers Büro, las das Protokoll durch, verbesserte einiges und unterschrieb es. Meine Schüsse hatte ich zur Abschreckung und in Notwehr abgegeben. Dabei blieb ich. Dafür händigte man mir meine Flinte aus, mit der ich mich gleich sicherer fühlte.

Ich verließ die Stadt Richtung Norden, sah immer wieder in den Rückspiegel, ob mir ein Fahrzeug folgte, konnte aber nichts bemerken. Dann verließ ich die Autobahn bei Deutsch-Feistritz, fuhr auf eine kleine Landstraße und dann in einen Seitenweg, wo ich hinter einem Gebüsch 30 Minuten wartete. Niemand kam mir nach. Nach einigen Umwegen über die Weststeiermark fuhr ich auf die Südautobahn auf und ordnete mich in die große Autokolonne ein, die dem sonnigen Süden zustrebte. Mein Urlaubsziel am Ossiacher See erreichte ich unbehelligt. Wir hatten für drei Wochen ein Haus direkt am See gemietet. Begeistert lief mir eine gebräunte und sommersprossige Julia entgegen. Wir umarmten uns liebevoll, dann trat sie zurück und musterte mich kritisch.

„Hast du so viel gearbeitet?", fragte sie. „Du siehst ja fürchterlich aus."

„Ich hatte gestern einen schweren Fall, aber nicht im Spital, sondern daheim", war meine Antwort. Während ich mit gutem Appetit ein herrliches Wildgericht hinunterschlang, erzählte ich ihr die ganze Räubergeschichte. Sie war entsetzt. Es folgte eine lange und ernste Unterredung.

„Was willst du jetzt machen?", fragte sie mich.

„Erst einmal gar nichts. Ich hoffe, dass die Polizei endlich den Mörder findet und festnimmt."

„Und wenn sie das nicht tut?"

Ich zuckte die Achseln. Ich wusste es nicht.

Sie schloss mich besorgt in ihre Arme und flüsterte: „Ich habe Angst um uns."

Ich spürte ihre vertraute Nähe und hielt sie fest. Jetzt hatte ich wirklich ein schlechtes Gewissen wegen meiner Budapester Eskapade. Wie hatte ich so etwas nur tun können? Julia ist der Mensch, den ich wirklich liebe. Ich war knapp daran, ihr alles zu beichten, verschob es aber, da ich uns den Urlaub nicht verderben wollte, und schließlich, was würde es nützen, es war eine einmalige Angelegenheit gewesen, da war ich mir sicher.

Urlaub

Als ich am nächsten Tag träg am Steg lag und – Melanom hin, Melanom her – meinen – trotz ungarischem Bad – noch bleichen Körper der Sonne aussetzte, brachte mir Julia die Tageszeitungen, die sie alle gekauft hatte. Die Einbruchsgeschichte war ein Fressen für die Saure-Gurken-Zeit. Sogar in der Kärntner Ausgabe der „Kleinen Zeitung" war ein Bericht darüber zu lesen. Eine Innenpolitik fand wegen der Ferien nicht statt, es gab keine Überschwemmung in Indien, und vom Balkan gab es auch nichts Neues zu melden. „Arzt liefert Einbrechern ein Feuergefecht", stand in Balkenlettern auf der Titelseite von fast allen kleinen Blättern. Steinbeißer war es gelungen, die ganze Geschichte als einen missglückten Einbruch hinzustellen. In keiner Zeitung wurde ein Zusammenhang mit der Mordgeschichte erwähnt. Mein Name tauchte auch nicht auf, wofür ich ihm sehr dankbar war.

Ich wurde von Julia aufgefordert, nochmals alle Details zu erzählen. Die Geschichte ging mir bereits glatt über die Lippen, und ich ertappte mich dabei, sie etwas auszuschmücken, in ein paar Jahren würde ich wahrscheinlich erzählen, ich hätte es mit einer Armee aufgenommen. Ich beschloss, zunächst Urlaub zu machen und mich um nichts zu kümmern.

Wir spielten Tennis und Golf, genossen das warme Wasser des Ossiacher Sees. Jeden Morgen schwamm ich weit hinaus, legte mich auf den Rücken und blickte zu den bewaldeten Höhen des Ossiacher Tauern hinauf.

Wir frühstückten auf der Terrasse in der Sonne, lagen am Vormittag faul in den Liegestühlen und lasen. Hin und wieder besuchten wir unsere Kärntner Freunde, baten sie aber, Schweigen über unsere Ferienadresse zu bewahren. Nach einer Woche rief mich meine Sekretärin an und teilte mir mit, dass eine Privatpatientin mich unbedingt erreichen wolle. Ihr Name sagte mir nichts. Sie habe ihr mitgeteilt, dass ich mich im Ausland befände. Ich riet ihr, sie solle dies allen ausrichten, die etwas von mir wollten.

Da sonst absolut nichts Interessantes passierte und ich hin und wieder Golf spielte, möchte ich diese Gelegenheit nutzen, um Ihnen etwas über Golf im Allgemeinen zu erzählen. Etwas, was Sie sicher interessieren wird. Glauben Sie mir, ich bin Experte genug, um dies zu tun, ich spiele immerhin schon einige Jahre Golf. Und wenn Sie vielleicht ein Golfgegner sein sollten, dann können Sie nach dieser Lektüre immerhin viel begründeter über Golf schimpfen.

Zum Golfspieler kann man auf verschiedene Art und Weise werden. Das Beste ist es natürlich, als Kind eines Golfspielers aufzuwachsen und diese merkwürdige Mischung aus Sport und Spiel gleichzeitig mit dem Schwimmen und Radfahren zu erlernen. Immer wieder sieht man auf Golfplätzen kleine Analphabeten mit abgeschnittenen Schlägern stehen und Bälle mit einem perfekten Schwung auf unglaubliche Distanzen schlagen. Man soll sich bei ihrem Anblick trösten, denn wenn später durch das Wachstum die Ausreifung des Hirns mit der des Golfschwunges gleichzieht, so ruiniert – gleich wie bei dem erst später Berufenen – das Denken einiges, was zunächst natürlich und richtig war. Golf ist überhaupt kein Sport für Kinder. Kinder sollen laufen, springen und Spaß haben, Dinge, die beim Golf unmöglich sind. Kinder sollen den Schwung lernen und dann etwas anderes tun. Ihre Seele sollte nicht bei einem so perversen Sport verkrüppeln. Über Jugendliche, die Golf spielen, möchte ich auch nicht viel sagen. Entweder sind sie Golfkinder, wie oben beschrieben, oder sportliche junge Menschen, die Golf spielend erlernen und nach drei Jahren bereits ein Single Handicap haben. Sie mögen Haut-, Schul- und Liebesprobleme haben, aber Golfprobleme haben sie nicht.

Die wichtigste Gruppe der Golfspieler ist keineswegs die der Professionals, sondern die derer, die den Sport erst im Erwachsenenalter erlernen wollen und dies nie schaffen. Es ist eigentlich die Gruppe, die den ganzen Sport finanziert. Sie zahlen die teuren Aufnahmegebühren und Mitgliedsbeiträge, sie glauben, durch Trainerstunden ihren Schwung verbessern zu können. Sie meinen wirklich, dass sie, indem sie jedes Jahr die neuesten Schläger kaufen, endlich die Bälle so weit schlagen können, wie sie es sich wünschen.

Man kommt zum Golf aus gesellschaftlichen oder aus gesundheitlichen Gründen, weil man alte Sportarten wegen körperlicher Defekte nicht mehr ausüben kann. Hat man sich einmal entschlossen, Golf zu spielen, so nimmt man an einem Schnupperkurs teil. Der Pro(fessional) unterrichtet lethargisch eine Gruppe total untalentierter Anfänger, die auf Bällen herumhacken. In Österreich ist es meist ein Engländer, der sich durch Höflichkeit und Ruhe, oder ist es Gleichgültigkeit und Bequemlichkeit?, auszeichnet. Er lobt einen getroffenen Ball als „excellent shot", einen anderen, der nur wenige Meter wegkriecht, als „bad luck". Jedem wird in den ersten Stunden klar, dass man zu den wenigen Auserwählten zählt, die sich für diesen Sport eignen. Diejenigen, die bereits einen Sport betrieben haben, glauben die Lügen des Pro ohne Weiteres, und die Unsportlichen jubeln innerlich auf, denn sie haben es schon immer gewusst: Wenn sie gewollt hätten, wären auch sie sportlich gewesen. Niemand ahnt, welch schwieriger Entschluss damit gefasst ist. Golf kann man sich meist erst leisten, wenn man es im Leben schon zu etwas gebracht hat. Das bedeutet für Golf spielende Männer, dass sie ihr berufliches Erfolgsrezept auf diesen Sport übertragen. Um ein guter Golfspieler zu werden, muss man viel Zeit und Ehrgeiz aufwenden – so wie im Beruf. Kann man diese Zeit vom Beruf abzweigen, so ist der Hauptzweck erfüllt, man arbeitet weniger und ist mehr in der frischen Luft. Geht dies nicht, hat man plötzlich weniger Zeit für die Familie oder andere Hobbys. Am besten ist es, seinen Beruf aufzugeben, sich scheiden zu lassen und nur mehr Golf zu spielen. Single Handicap bedeutet Single-Dasein, meinen die Amerikaner.

Nimmt man von Beginn an seine Frau mit auf den Golfplatz, läuft alles besser. Man sieht sie dann täglich vier Stunden länger am Tag als vorher, schlägt sich mit ihr durch dick und dünn, von Baum zu Baum, von Teich zu Teich und liegt mit ihr gemeinsam im Bunker. Es gibt manchmal ein Problem bei Golf spielenden Ehepaaren, denn sie hat oft mehr Zeit als er, sie drischt auch nicht so wie er auf den Ball ein und trifft ihn besser, beim kurzen Spiel hat sie ohnehin mehr Gefühl – der langen Rede kurzer Sinn: Ihr Handicap ist besser als seines. Eine harte Belastung – auch für eine gute Ehe.

Wenn man einen normalen Menschen trifft und fragt, wie es so gehe, so bekommt man die Antwort: „Es geht mir gut, Frau und Kinder sind wohlauf, die Geschäfte florieren." Ein Golfspieler gibt Ihnen keine so banale Antwort, er wird Ihnen antworten, dass er derzeit zwar die Eisen hervorragend treffe, aber mit den Hölzern nichts anfangen könne. Vor einem Monat sei es umgekehrt gewesen. Er nimmt gar nicht an, dass Sie an etwas anderem als an Golf interessiert sein könnten. Zufriedene Golfspieler trifft man, wie schon eingangs gesagt, nur kurz nach gewonnenen Turnieren. Danach will jeder mit dem nun besseren Handicap noch höher hinaus – und versagt dabei. Dass dieses Spiel immer in der frischen Luft und in einer herrlichen Umgebung ausgeübt wird, scheinen viele Golfer nicht mehr zu bemerken. Den Blick vom Boden heben sie ohnehin nur, um dem Ball nachzuschauen.

Am Golfplatz kann man sehr gut sehen, auf welche Art und Weise Menschen Karriere gemacht haben. Rücksichtslose Geschäftsleute wenden ihre Geschäftspraktiken auch am Golfplatz an. Sie finden alle verlorenen Bälle, sie zählen zu ihrem Vorteil und schüchtern dabei höfliche Mitspieler ein. Verfehlte Schläge werden zu Probeschlägen erklärt und der Ball wegen grabender Tiere in günstigere Positionen gelegt. Ich habe es erlebt, dass manch einer, bei dem es beim Turnier nicht so lief, wie er wollte, dieses unterbrach und nach Hause ging, eine Sache, die den Spielverlauf bei den anderen durcheinanderbringt und äußerst unsportlich ist. Aber es gibt auch andere, so wie mich, die ehemaligen Sportler, die Niederlagen und Siege in sportlicher Haltung ertragen und höchstens die Zähne zusammenbeißen.

Zurück zu meinem Urlaub. Die erste Woche war also wie im Flug vergangen. Den Zeitungen hatte ich nichts Neues entnommen, niemand war verhaftet worden. Ich wurde langsam unruhig und beschloss, Steinbeißer anzurufen. „Was gibt es Neues?“, fragte ich ihn.

Sehr ernst teilte er mir mit, dass die beiden Verhafteten Schwerverbrecher seien und in Deutschland wegen eines Raubüberfalls mit tödlichem Ausgang gesucht worden waren. Sie hatten bisher nach dem Prinzip der Ganoven: „Sagst ja, bleibst da, sagst nein, gehst heim“, nur den Einbruchsversuch zugegeben. Sie behaupteten zunächst sogar, allein gewesen zu sein. Es war aus ihnen nichts über etwaige Auftraggeber herauszubringen. Weil sie in ihrer Vergangenheit auch Informationen verkauft hatten, war die Staatspolizei eingeschaltet worden, und diese hatte Steinbeißer teilweise die Ermittlungen aus der Hand genommen. Er hatte des Weiteren Frau Glückstein und den Chauffeur befragt und dabei die Auskunft bekommen, dass beide mit der Firma Wegrostek nur geschäftlich zu tun gehabt hätten. Die Werkstätte habe regelmäßig mehrere Autos der Firma Bernini zum Service und zur Reparatur gehabt. Herr Bernini war über die Befragung sehr ungehalten gewesen. Er wisse von keiner Verbindung mit Wegrostek, er habe auch keine Ahnung, wo seine Wagen repariert werden würden, und man solle seine Angestellten gefälligst in Ruhe lassen. Eine gute Nachricht gäbe es von meinem Detektiv. Es ginge ihm bereits gut, und er könne bald ohne bleibende Schäden aus dem Spital entlassen werden. Über den Unfallhergang wisse er nichts. Das Letzte, an das er sich erinnerte, war, dass er mir einen Bericht geschickt hatte und dann die Stiege seines Büros hinuntergegangen war. Das war die typische retrograde Amnesie bei einem Schädelhirntrauma. Der Gedächtnisverlust reicht umso weiter zurück, umso schwerer das Trauma ist. Wenn Sie in einem Film sehen, wie ein Kommissar am Bett eines Schädelverletzten von diesem den Namen eines Verbrechers erfragen will und der ihn sterbend hervorstammelt, so wissen Sie nun, dass das ein Blödsinn ist. Auch nach einem schweren Schock kann man sich häufig an nichts erinnern.

Meiner Meinung nach war Wotruba bei der Beschattung von Frau Glückstein aufgefallen, und man hatte versucht, sich seiner zu entledigen. Dies teilte ich Steinbeißer auch mit. Mir schien, dass er mich und meine Theorien zum ersten Mal ernst nehmen würde. Als ich ihn fragte, wann ich zurückkehren könne, gab er mir eine ausweichende Antwort. Das Telefonat hatte mich sehr beunruhigt. Ich teilte Julia aber nichts davon mit, beschloss, so gut es ging meine Sorgen zu verdrängen und weiter nur Golf zu spielen.

Die zweite Woche verging so angenehm wie die erste, und ich hatte noch immer nichts Neues gelesen oder gehört.

Der Urlaub ging für mich nun zu Ende. Ich beschloss, schon am Freitag nach Graz zurückzukehren. Julia wollte noch bis Sonntag bleiben, sie küsste mich zum Abschied und sagte mir, ich solle äußerst vorsichtig sein. Ich versprach es, und ich hatte vor, Steinbeißer um Polizeischutz zu bitten.

An der Grenze

Als ich über die Pack fuhr, hatte ich auf einmal die Idee, es könnte doch nicht schaden, wenn ich die Nacht bei Georg und Lydia an der Grenze verbringen würde. Erstens wäre ich dort sicher, und zweitens könnte ich vielleicht dabei noch etwas über Frau Wegrostek herausbringen. Ich fuhr über die Autobahn gleich in den Süden und erreichte die Ehrenhausener Weinstraße zur Mittagszeit. Ehrenhausen war ausgestorben, der kleine Platz vor der schönen Barockkirche leer. Zunächst folgte ich der Hauptstraße, links konnte man nach Slowenien hinuntersehen, rechts lag die Steiermark. Einmal befindet sich die Straße gänzlich in Slowenien. Vor einiger Zeit versuchte ein slowenischer Notar, dem das Grundstück gehört, die Straße abzusperren und einen Wegzoll einzunehmen. Dies konnte nur durch zwischenstaatliche Interventionen verhindert werden. Über schmale Wege gelangte ich zum Anwesen unserer Freunde. Als ich dort eintraf, stand ihr Geländewagen vor dem Haus, Georg war gerade dabei, ihn voll zu laden. Sie wollten an diesem Tag in die Obersteiermark fahren, um zu fischen. Georg ist nämlich ein passionierter Fliegenfischer, der ein Fischwasser im Gesäuse gepachtet hat. Sie waren erstaunt, mich unangemeldet kommen zu sehen. Ich erzählte ihnen von meinen Schwierigkeiten, und obwohl sie schon im Aufbrechen waren, nahmen sie sich Zeit, mir zuzuhören.

„Aber Paul, das ist doch kein Problem, du kannst bei uns wohnen. Hier bist du absolut in Sicherheit. Nimm den Schlüssel, der Kühlschrank ist voll, wir sehen uns am Sonntagabend."

Die beiden sind wirklich reizende und hilfsbereite Freunde, ich war ganz gerührt. Wir verabschiedeten uns, und schon waren sie weg. Ich stand allein vor dem Haus. Es war drückend heiß, und es herrschte absolute Stille, nicht einmal die Frösche im nahen Teich quakten.

Ich stellte meinen Wagen in den Schuppen, die Fensterläden ließ ich geschlossen. Ein Vorbeikommender sollte den Eindruck haben, dass das Haus derzeit nicht bewohnt sei. Ich wusste selbst nicht genau, was ich hier eigentlich wollte. Ich stellte mir einen Liegestuhl auf die Veranda im ersten Stock. Von dort aus konnte man das Wegrostek'sche Anwesen gut einsehen. Ich machte mir ein Verhackertbrot und öffnete eine Flasche Weißburgunder. Das Essen stellte ich auf ein kleines Tischchen neben dem Liegestuhl, dazu legte ich noch meinen Fotoapparat und ein Fernglas, das ich im Hause gefunden hatte. Ich setzte mich hin, aß mein Brot und spülte die 1000 Kalorien mit einem Schluck des trockenen und fruchtigen Weins hinunter. Das nachbarliche Anwesen lag ruhig in der Nachmittagshitze, nichts rührte sich. Im Schatten der Hauslinde stand ein Auto. Bequem zurückgelehnt schlief ich ein. Als ich aufwachte, stand die Sonne schon tiefer. Ich nahm das Fernglas zur Hand. Irgendetwas hatte sich getan. Neben dem ersten Auto, zweifelsohne ein japanisches Fabrikat, stand ein großer Mercedes mit deutschem Kennzeichen. Nach einer Weile öffnete sich die Haustür, und ein Mann und eine Frau traten ins Freie und gingen zum Wagen. Er war ein dunkler, unrasierter Typ, Marke Fünf-Tage-Bart, mit Jeans und einem T-Shirt bekleidet. Ich griff zu meinem Fotoapparat. Durch das Teleobjektiv hatte ich eine gute Sicht. Ich schoss einige Aufnahmen von beiden und dem Wagen. Die Dame war ohne Zweifel Frau Wegrostek, ich erkannte sie sofort anhand Wotrubas Fotos. Sie öffnete das Tor einer großen Scheune, und der Mann fuhr den Mercedes hinein. Durch das offene Scheunentor konnte ich einen zweiten Mercedes sehen. Die beiden verschlossen das Tor sehr sorgfältig und kehrten ins Haus zurück.

Was hatte ich gesehen? War das ein Besuch? Ich ging in die Küche hinunter und machte mir einen Rührkaffee. Den Wein stellte ich in den Kühlschrank. Mit einem Schinkenbrot in der Hand nahm ich meinen Ansitz wieder auf. Die Sonne ging unter, und ein zunehmender Mond tauchte die schöne Hügellandschaft in ein überirdisches Licht. Die Frösche des kleinen Teiches veranstalteten nun ein mörderisches Geschrei. Die Zeit verging nur langsam, trotz des Kaffees begann ich wieder einzunicken. Dann hörte ich auf der steirischen Seite der Grenze Motorengeräusch, das rasch näher kam. Zwischen den Bäumen blinkten Autoscheinwerfer. Mit dem Nachtglas hatte ich eine ausgezeichnete Sicht. Ein großer Lieferwagen war angekommen, die Haustür öffnete sich, Frau Wegrostek kam heraus, und der Vorgang von früher wiederholte sich. Auch dieser Wagen wurde in die Scheune gefahren. Ich begann zu ahnen, was da vorging. Zwei offensichtlich neue Mercedes in einem Stallgebäude, genau an der Grenze. Ich dachte an die verschwundenen

BMWs und Mercedes der Mitglieder unseres Golfclubs. Waren die auch in dieser Scheune geparkt gewesen? Was war mit dem Lieferwagen? Die Firma Wegrostek handelte offenbar mit Autos jeder Herkunft und jeden Fabrikats. Wusste denn die Polizei nichts über dieses Haus und die Möglichkeiten, die sich aus seiner Lage ergaben? Ich nahm mir vor, Kommissar Steinbeißer am nächsten Tag darüber zu informieren. Für heute reichte es mir. Ich rief noch Julia an und teilte ihr mit, wo ich mich befand und dass ich erst am nächsten Tag nach Hause fahren würde. Sie ermahnte mich zu äußerster Vorsicht, was ich ihr hoch und heilig versprach, dann legte ich mich in ein Bett in einem Zimmer unter dem Dach und schlief bei offenem Fenster ein.

Ich erwachte erst spät am Vormittag, die Sonne stand schon hoch, von der Ferne hörte ich Kirchengeläute. Ich duschte mich, machte mir ein Frühstück und überlegte, was ich heute tun könnte. Die Autos würden wahrscheinlich irgendwann nach Slowenien gebracht werden. Ich studierte eine Karte, die ich im Haus gefunden hatte. Nirgendwo war eine Straße oder ein Weg eingezeichnet. Ich musterte die Landschaft mit dem Fernglas, konnte aber keinen Weg nach Slowenien ausnehmen. Die Grenze verlief genau an der Hügelkuppe. Das Haus, in dem ich mich befand, stand etwa 200 Meter davon entfernt, das Anwesen von Wegrostek lag noch näher dran. Auf der slowenischen Seite verlief aus der Zeit des kommunistischen Gesamtjugoslawiens nur ein schmaler Pfad, auf dem der Grenzschutz seinerzeit mit Motorrädern patrouilliert hatte, um das Arbeiterparadies vor dem bösen Westen zu schützen. Heute schert sich niemand mehr darum, und so wächst der Pfad langsam zu. Irgendwo musste es auf dem Wegrostek'schen Grundstück einen versteckten Übergang geben, den wollte ich erkunden.

Ich verkleidete mich als Jäger, indem ich mir einen grünen Hut aufsetzte, eine Lodenjacke aus Georgs Beständen nahm und mir das Fernglas und meine Flinte umhängte, die mich während des ganzen Urlaubs begleitet hatte. Ich überquerte die Grenze unweit von Georgs Haus und stolperte durch einen Weingarten nach Slowenien hinunter. Ich überquerte kleine Schluchten und krachte durch das Unterholz von Kastanienwäldern. Ungefähr auf der Höhe von Wegrosteks Haus stieß ich auf einen relativ breiten Weg mitten im Wald, der vom Haus herunterzukommen schien. Ich wagte es nicht, mich dem Haus noch weiter zu nähern, sondern ging talabwärts. Im Erdreich konnte ich getrocknete Reifenspuren sehen. Lederstrumpf, ich habe dich doch nicht ganz umsonst gelesen.

Ich folgte dem Weg, der sich durch den Wald schlängelte, denn ich wollte herausfinden, in welche Straße er einmündete. Plötzlich hörte ich Stimmen, ich warf mich in das dichte Gebüsch. Zwei Männer kamen den Weg herauf, sie sprachen Slowenisch oder eine mir unverständliche slawische Sprache. Tief duckte ich mich ins Unterholz, der Schweiß rann mir von der Stirn, und ich spürte, wie Ameisen mir den Unterschenkel heraufkrochen. Ich biss die Zähne zusammen. Unbequem lag ich mit meiner Brust auf dem Fernglas. Die Männer gingen nur langsam an meinem Versteck vorbei. Endlich entfernten sich die Stimmen. Ich raffte mich auf, beutelte die Ameisen aus meiner Hose, dann folgte ich den Reifenspuren weiter nach unten. Sie endeten an einem kleinen Bach, an dessen Ufer einige Pflöcke eingeschlagen waren. Ich sprang über den Bach und untersuchte die andere Seite. Und dort, zwischen aufgeschlichteten, entrindeten Baumstämmen wurde ich fündig. Da lagen starke, vierkantige Pfosten und gute Bretter, mit denen der Bach in wenigen Minuten überbrückt werden konnte. Die Pfosten wiesen exakte Einschnitte auf, wohl um sie miteinander zu verzahnen. Hier war eine regelrechte zerlegte Brücke versteckt. Der Vollständigkeit halber ging ich noch ein Stück den Weg entlang. Auch hier fand ich zahlreiche Abdrücke von Autoreifen, die direkt auf eine geschotterte kleine Landstraße führten.

Die Route der gestohlenen Autos war somit klar.

Quer durch den Wald schlug ich mich in Richtung Georgs Haus durch, wo ich erschöpft und durstig, aber unbehelligt ankam. Ich sprang in den kleinen Teich, wobei ich das Froschvolk unziemlich erschreckte, und kühlte mich ab. Das tat gut. Ich trank eine Flasche Mineralwasser und pflegte meine zahlreichen Ameisenbisse und Gelsenstiche, dann legte ich mich hin und verschlief den ganzen Nachmittag. Erst gegen Abend wachte ich benommen auf. Die Hitze war noch immer groß. Bei einer Tasse Rührkaffee dachte ich ausgiebig nach. Der Tag war wirklich produktiv gewesen. Ich hatte einiges herausgefunden. Ich versuchte, Steinbeißer anzurufen. Er war weder im Amt noch zu

Hause zu erreichen, seine Handynummer hatte ich nicht eingespeichert. Man konnte es ihm nicht übel nehmen, dass er am Samstagabend nicht erreichbar war. Wie alle wichtigen Menschen hatte er jedoch einen automatischen Anrufbeantworter, mit dem ich mich ausführlich unterhielt. Ich überlegte mir, ob ich nicht heute noch nach Graz zurückfahren sollte. Aber nein, so war es besser: Niemand wusste, dass ich hier war, und vielleicht konnte ich noch etwas Wichtiges beobachten. Mein nächster Anruf galt Julia, ich informierte sie kurz über meine Recherchen und teilte ihr mit, dass ich noch eine Nacht an der Grenze verbringen wolle.

„Ich bitte dich, pass gut auf, sei vorsichtig und unternimm nichts allein", beschwor sie mich.

Ich versprach es erneut. Mit Speis, Trank und Fernrohr versorgt legte ich mich wieder auf meinen Ansitz. Im Wegrostek'schen Haus war Licht zu sehen. Das große Wirtschaftsgebäude blieb verschlossen, der Transport war offensichtlich noch nicht vorgesehen. Gegen zwölf Uhr sah ich auf slowenischer Seite ein Licht blinken. Es sah nach einem Signal aus. Kurz danach ging im Haus in etwa dem gleichen Rhythmus ebenfalls ein Licht an und wieder aus. Gespannt blickte ich durch mein Fernglas, leider war die Sicht heute nicht so gut wie am Vortag. Aus Slowenien näherten sich nun einige Lichter, sie schienen von Taschenlampen zu stammen. Dann öffnete sich die Haustür, der herausfallende Lichtschein beleuchtete einige Gestalten, Genaueres konnte ich nicht sehen. Das herannahende Licht wanderte quer über den Hof zu einem Schuppen, der in der Nähe einer Baumgruppe stand. An

Schlafengehen war nun natürlich nicht mehr zu denken. Die Neugierde siegte.

Ich nahm wieder die Jagdjoppe, setzte mir den grünen Hut auf und verließ mit einer Taschenlampe das Haus.

Vorsichtig ging ich den Weg von Georgs Haus auf die Hauptstraße zurück und nahm dann die Abzweigung zu dem Gehöft von Wegrostek. Meine Augen adaptierten sich rasch an die Dunkelheit, sodass ich die Taschenlampe kaum benötigte. Ich kam ganz gut vorwärts, bald sah ich das Haus vor mir aufragen. Durch meine Observation hatte ich die Topographie der einzelnen Nebengebäude genau im Kopf. Ich schlich mich in bester Kundschaftermanier an den Schuppen heran, in dem das Licht verschwunden war. Ich verharrte eine Weile hinter einem Holzstoß, nichts rührte sich, aus den Ritzen schimmerte etwas Licht, man konnte auch Gemurmel hören. Rasch und geräuschlos überquerte ich den Hof und spähte durch ein kleines Fenster hinein. Ich fuhr zurück: Im Inneren befanden sich etwa 30 dunkelhäutige Männer, Frauen und Kinder, die erschöpft und verängstigt wirkten.

Der Schmuggel ging also in beide Richtungen: Luxusautos verschwanden hinüber, dafür kamen Menschen herein. Ich zog mich langsam und vorsichtig zurück, ich hatte genug gesehen. Plötzlich hörte ich ein leises Geräusch hinter mir, ein Kugelblitz explodierte in meinem Kopf und mich verließen die Sinne.

Der Gefangene

Ein rasender Kopfschmerz weckte mich auf, ich versuchte mich zu bewegen – ein Ding der Unmöglichkeit. Meine Hände waren am Rücken zusammengebunden, meine Beine waren aneinander fixiert. Ich schlug die Augen auf, völlige Dunkelheit, ich schloss sie wieder und dachte, einen Alptraum zu haben. Da ich schlecht Luft bekam, versuchte ich den Mund zu öffnen und zu schreien. Der Mund blieb verschlossen, war verklebt. Ich geriet in Panik, war plötzlich hellwach. Es war kein Traum, ich lag auf einem harten und feuchten Boden, meine Hände und Beine waren so gefesselt, dass ich mich nur wie ein Wurm krümmen konnte. Meinen Mund hatte man offenbar mit einem Plastikband zugeklebt. Ich zwang mich, ruhig durch die Nase zu atmen, und versuchte, mich zu erinnern. Ich hatte mich zum Schuppen geschlichen, hineingespäht und die dunkelhäutigen Menschen gesehen. Offensichtlich hatte man mich dabei erwischt und mir eines über den Kopf gezogen. Mein Hut hatte mich wahrscheinlich vor einer schlimmeren Verletzung bewahrt. Ich war benommen, genauso als ob ich ein Schlafmittel eingenommen hätte. Eine Beule schmerzte an meinem Hinterkopf. Das hatte ich nun von meiner Neugierde. Es war alles zu leicht gegangen. Ich hatte geglaubt, allein mit einer Verbrecherbande fertigzuwerden, das waren doch Profis und die wussten sich zu schützen.

Ich versuchte mich aufzusetzen. Das war schwieriger, als ich erwartet hatte. Ich rutschte im Raum herum. Es roch nach Wein und Schimmel. War ich in einem Weinkeller? Nicht der geringste Lichtschimmer war zu sehen. Ich robbte die Wände entlang, meiner Schätzung nach maß der Raum etwa vier Meter im Quadrat. An einer Wand fand sich eine Holztür. In einer Ecke standen kleinere Fässer. Mühsam richtete ich mich mit meinem Rücken zur Wand in die Höhe und fand an der Tür eine Klinke – wie zu erwarten verschlossen. Beim Versuch, daran zu rütteln, verlor ich das Gleichgewicht und stürzte nach vorn. Ungebremst schlug ich seitlich auf dem harten Boden auf und zog mir dabei eine weitere Beule an der Schläfe zu. Ich rappelte mich wieder auf, und mit letzter Anstrengung gelang es mir, in einer einigermaßen bequemen Stellung auf einem Fass Platz zu nehmen. Mit meinen Händen untersuchte ich die hinteren Taschen meiner Jeans, sie waren leer. Da fiel mir ein, dass ich immer in einer seitlichen Tasche ein Schweizer Offiziersmesser eingesteckt habe.

Taschenmesser sind bei uns seit jeher eine Familientradition. Mein Großvater, ein großer Bastler, hatte schon meinem Vater eingeschärft, dass ein Mann stets ein Taschenmesser eingesteckt haben muss. Großvater konnte mit seinem Messer die schönsten Dinge schnitzen. Mein Vater konnte gar nicht anders, als auch ein Messer mit sich zu führen, allerdings schnitzte er nie, sondern benutzte vorwiegend den Korkenzieher des Messers. Auch mir war das Messertragen eingebläut worden. Obwohl ich Chirurg bin, gehe ich eher nach meinem Vater und habe damit mehr Weinflaschen geöffnet als in Notfällen Luftröhrenschnitte gemacht. Jetzt musste ich aber zugeben, dass ein Messer nützlich sein konnte.

Ich langte mit den gebundenen Händen um den Körper herum und versuchte, in die seitliche kleine Tasche meiner Jeans zu gelangen. Endlich konnte ich das Messer ertasten. Mit steifen Fingern zog ich es heraus und versuchte mit einem Finger der zweiten Hand, eine Klinge zu öffnen. Fluchend brach ich mir einen Nagel ab, doch ich hatte das geöffnete Messer in der Hand. Wie aber konnte ich meine Fesseln durchschneiden? Ich legte mich auf die Seite und versuchte, meine Beinfesseln zu erreichen. Ich hatte gar nicht gewusst, wie unbeweglich das Alter mich schon gemacht hatte. Mit Müh und Not und vielem Krümmen gelang es mir, eine Schnur nach der anderen zu durchtrennen – meine Beine waren frei, ich konnte aufstehen. Ich klemmte das Messer zwischen meinem Gesäß und dem Fass ein und versuchte damit, meine Handfesseln zu durchschneiden. Es kostete mich viel Zeit und mehrere kleine Schnitte an den Gelenken, bis die Hände frei waren. Ungeduldig riss ich mir den Plastikstreifen vom Mund. Ich konnte wieder normal durchatmen. Ein Griff auf meinen Hinterkopf ließ mich, wie ich es mir gedacht hatte, eine große Beule fühlen. Ich streckte mich und massierte meine geschwollenen Handgelenke. Langsam fühlte ich mich ein wenig besser. Aber ich war noch immer eingesperrt. Etwas störte mich noch, meine volle Blase. Ich hatte sie schon die ganze Zeit gespürt, wollte aber womöglich nicht in die Hose pinkeln. Ich erledigte mein Geschäft in der Ecke meines Gefängnisses. Ich musste hinaus. Da meine Uhr keine Leuchtziffern hat, hatte ich keine Ahnung, wie lange ich schon eingesperrt war. Ich untersuchte die

Tür genauer, sie hatte ein altes Schloss, das innen angebracht und mit vier Schrauben befestigt war. Mit dem
Schraubenzieher meines Schweizermessers lockerte ich
die Schrauben. Drei bekam ich heraus, die vierte wider-
stand meinen Anstrengungen. Ich suchte nach einem
festen Gegenstand. In einer Ecke des Raumes fand ich
eine alte Fassdaube. Ich hämmerte heftig auf das Gehäuse
des Schlosses ein. Als es zu Boden fiel, wusste ich, dass
ich gewonnen hatte. Ich drückte die Türschnalle nach
unten, die Tür ging auf. Die kühle Nachtluft tat mir gut.
Allerdings hatte ich keine Ahnung, wo ich mich befand.

Der zunehmende Mond beleuchtete eine hügelige Landschaft, ich stand inmitten eines Weingartens. Vorsichtig
entfernte ich mich von meinem Gefängnis, offenbar
einem kleinen Kellerstöckl. Ich schlich zwischen den
Zeilen der Rebstöcke durch und stolperte über den Hügel
in das nächste Tal, an dessen Sohle ich einen Weg fand,
der mich auf eine breitere Straße brachte. Nach einem
Marsch von etwa einer halben Stunde erreichte ich die
ersten Häuser, es musste Gamlitz sein. Es begann schon
hell zu werden, die Vögel hatten ihr Morgenkonzert aufgenommen. Unschlüssig stand ich neben der Hauptstraße,
als ein Mann aus einem der Häuser kam, um in sein
Auto zu steigen. Als ich mich ihm näherte, musterte er
mich misstrauisch, hörte mir aber zu. Ich bat ihn, mich
zum Haus meiner Freunde zu bringen, das er übrigens
kannte. Es bedurfte einiger Überredungskunst, bis er
sich dazu entschloss. Als wir bei Georgs Haus ankamen,
schien alles unauffällig, die Tür war verschlossen. Ich hol-

te die Schlüssel aus dem Versteck unter dem Holzstoß, sperrte auf und ging zusammen mit meinem Begleiter hinein. Ich sammelte meine Sachen ein und schrieb für Georg und Lydia einen Zettel, auf dem ich mich für die Gastfreundschaft bedankte. Um meinen Helfer zu beruhigen, zeigte ich ihm meinen Führerschein. Ich versuchte, den Kommissar anzurufen, es läutete, aber niemand hob ab. Meinem Helfer drückte ich für seine Mühe einige Geldscheine in die Hand, worüber er sehr erfreut zu sein schien. In vollem Tageslicht fuhr ich nach Graz.

Während der Fahrt versuchte ich nochmals, Kommissar Steinbeißer zu erreichen. Nach endlosem Läuten hob er endlich ab.

„Haben Sie schon Ihren Anrufbeantworter abgehört?", fragte ich ihn.

„Nein, wir sind so spät nach Hause gekommen", antwortete er schlaftrunken.

„Tun Sie das, und dann kommen Sie zu mir, ich habe Ihnen einiges zu erzählen."

Müde und zerschlagen kam ich daheim an. Mein Haus war in normalem Zustand, die Fensterscheiben waren eingesetzt, alles war tipptopp geputzt, im Eisschrank waren Milch, Butter, Käse und Schinken. Anni, die Gute, hatte für mich gesorgt. Ich trank gerade eine Schale Kaffee, als es an der Gartenpforte klingelte. Commissario ante portas.

Steinbeißer begrüßte mich mit einem: „Herr Doktor, was machen Sie denn jetzt schon wieder für Geschichten", schien aber erleichtert zu sein, mich wohlbehalten zu sehen. Seine Leute waren bereits auf dem Weg zur Grenze, um das Wegrostek'sche Anwesen zu durchsuchen. Ich erzählte ihm meine Abenteuer im Detail. Er machte sich eifrig Notizen.

Nach einer Weile meldeten sich seine Leute. Sie waren an der Grenze angekommen. Das Haus und die Wirtschaftsgebäude waren versperrt und leer. Als ich ihm über den Menschenschmuggel berichtete, knirschte er mit seinen Steinbeißerchen wütend: „So ein Pech, wir müssen sie nur knapp verfehlt haben."

Er wollte nun so rasch wie möglich Frau Wegrostek festnehmen und leitete telefonisch die notwendigen Maßnahmen ein.

Ich telefonierte mit Julia, die sich ebenfalls schon um mich gesorgt hatte. Sie war gerade dabei, unser Urlaubsdomizil zu verlassen. Ich erzählte ihr ausführlich meine Abenteuer. Es dauerte eine Weile, bis ich sie beruhigt hatte. Ich rief den Dienst habenden Arzt im Spital an und ließ mir mitteilen, welche Operationen am nächsten Tag auf mich warten würden. Wie immer hatten sie mir zur Begrüßung einen langen, schweren Eingriff zugedacht, den ich auf Dienstag verschob. Ich ließ mir ein heißes Bad ein, eine äußerst angenehme Sache. Unglaublich, was sich in den letzten 24 Stunden alles abgespielt hatte. Ich nahm eine Schlaftablette, legte mich am frühen Nachmittag ins Bett und schlief ein. Im Halbschlaf hörte ich Julia nach Hause kommen. Sie gab mir einen Kuss, ich murmelte nur, dass ich ein Schlafmittel genommen hätte, drehte mich um und schlief weiter.

Ein Resümee

Das vertraute Piepsen meines Weckers riss mich aus einem tiefen Schlaf. Ich rappelte mich aus meinem Bett auf. Julia schlief noch tief und fest neben mir, ich beneidete sie. Alles tat mir weh. Die Zeit, die ich als Rollschinken am Boden des Kellerstöckls verbracht hatte, hatte mir keineswegs gut getan. Zum Kaffee schluckte ich ein Aspirin. Beim Rasieren betrachtete ich mein ramponiertes Gesicht und betastete meine Beulen. Ich bot keinen schönen Anblick. Ich sah wie nach einer Wirtshausrauferei aus. Das schien auch meine Sekretärin zu denken. Sie studierte mein Äußeres und fragte besorgt, ob ich überhaupt arbeiten könne. Bevor ich noch zur Morgenbesprechung ging, erzählte ich ihr eine Kurzversion meiner Abenteuer. Ich konnte das unbedenklich tun, denn, wie schon gesagt, sie war absolut verschwiegen. Bei der Besprechung wurde ich kritisch betrachtet und gefragt, wie denn mein Urlaub gewesen sei. Vom Überfall hatten sie in der Zeitung gelesen und trotz des fehlenden Namens geahnt, dass ich es gewesen war, der geschossen hatte. Und nun war ich mit mehreren Schürfwunden im Gesicht erschienen. Meine Mitarbeiter und später auch meine OP-Schwestern wollten unbedingt etwas aus mir herausbekommen. Ich ließ mich aber auf nichts ein und täuschte schlechte Laune vor, was mir unschwer gelang. Ich sagte ihnen nur, dass ich gestürzt wäre. Offenbar waren viele Gerüchte im Umlauf. Ich gab allen nur ausweichende Antworten.

Zu Mittag rief ich Steinbeißer an. Ich sollte am nächsten Tag ins Polizeipräsidium kommen. Der Präsident und Konsul Bernini würden auch zugegen sein. Ich versprach ihm, pünktlich zu erscheinen. Bei der Nachmittagsvisite dachte ich andauernd über den Fall nach. Mir wurden Patienten vorgestellt, ich gab freundliche Antworten und stellte Fragen, war aber nicht bei der Sache. Wenn diese verdammte Geschichte nicht bald zu Ende sein würde, könnte ich meinen Beruf nicht mehr ordentlich ausüben.

Zerschlagen und erschöpft kam ich abends nach Hause. Julia stand an der Gartentür. Ich umarmte sie.

Sie sagte: „Diese Geschichte müssen wir beide zusammen durchstehen," und betastete meine Beulen mit zarten gefühlvollen Fingern: „Du Armer."

Das tat mir gut. Da der Kühlschrank leer war und niemand gekocht hatte, fuhren wir in ein nahe gelegenes Gasthaus. Wir saßen im Freien unter Kastanienbäumen, es war angenehm warm. Als es finster wurde, zündete der Wirt Kerzen an. Wir genehmigten uns ein Wiener Schnitzel aus der Pfanne und tranken eine Flasche Wein. Ich blickte zu den Nebentischen. Nicht weit von uns saß ein junger Mann, der mir bekannt vorkam. Ich dachte nach, wo ich ihn schon gesehen hatte. War er ein ehemaliger Patient? Da fiel es mir ein: ein Mitarbeiter von Steinbeißer. Er war der mir versprochene Schutzengel. Ich prostete ihm zu, und er hob sein Glas Mineralwasser. Er trank im Dienst wohl keinen Alkohol. Ich dagegen benötigte heute dringend mehr. Mit 0,8 Promille im Blut fuhr ich vorsichtig, unter Polizeischutz stehend, nach Hause.

Am nächsten Tag traf ich pünktlich um 18 Uhr im Polizeipräsidium ein. Das neue Präsidium liegt in der Nähe des Griesplatzes und gleicht einer Festung. Der Griesplatz war früher das Viertel der Nachtlokale und der Huren gewesen. Diese gibt es zwar noch immer vereinzelt, aber heute ist die Gegend ein Immigrantenviertel. Vielleicht hat sich auch wegen der Nähe der neuen Polizeiburg die Prostitution mehr ins Bahnhofsviertel verlagert. Das neue Gebäude hat die Form eines Forts und kann sicher ohne Probleme verteidigt werden. Vor dem Gebäude liegen auf schmalen Grünstreifen hässliche moderne Plastiken, die ihrerseits sicherlich auch die Verbrecher abschrecken.

In den Amtsräumen des Präsidenten erwarteten mich schon der Hausherr, Herr Bernini und mein Commissario. Man begrüßte mich freundlich und bedauerte das Unheil, das mir widerfahren war. Wir setzten uns an einen Tisch, und der Präsident bat Steinbeißer um seinen Bericht.

Dieser begann in bestem Amtsdeutsch mit ausdrucksloser Stimme: „Vor fünf Wochen wurde am Golfplatz Murhof der Autohändler Alois Wegrostek während eines Turniers mit einem Messer ermordet. Dies geschah in einem kleinen Auwäldchen, in dem Herr Wegrostek einen verschlagenen Ball suchen ging. Herr Dr. Paul Leistenschneider, welcher mit ihm im gleichen Team, oder heißt es Flight, spielte," dabei warf er seinem Chef einen unschuldigen Blick zu, der ungeduldig nickte, „fand einige Minuten später die Leiche. Er konnte keine Lebenszeichen mehr feststellen. Er und eine ebenfalls mitspielende Dame hatten ihre ganze Aufmerksamkeit dem Spiel zugewendet und nichts gehört."

119

Na net, wo wir doch beide am 16. Loch noch 5 unter dem Handicap lagen, beim Golfspielen muss man sich konzentrieren. Das verstand Steinbeißer eben nicht.

Er fuhr fort: „Die Hochwasser führende Mur hatte durch ihr Rauschen wohl die Tatgeräusche übertönt. Außerdem fahren am Murhof häufig Züge vorbei, die für einen gewissen Lärm sorgen. Am Tatort konnten keine wesentlichen Spuren gesichert werden."

Kein Wunder, wenn die Polizei so herumgetrampelt ist, dachte ich mir.

„Am nächsten Tag stand dann in der Zeitung, der Ermordete hätte im Sterben noch einen Hinweis auf den Mörder gegeben. Herr Dr. Leistenschneider wurde kurz darauf von einem angeblichen Reporter angerufen, welcher ihm für die letzten Worte des Ermordeten Geld anbot. Der Herr Doktor verneinte, etwas gehört zu haben, und wies das Angebot zurück. Der Hinweis war die Erfindung eines Reporters gewesen. Dr. Leistenschneider besuchte am nächsten Tag Freunde im Weingebiet, welche an der steirisch-slowenischen Grenze ein Haus besitzen. Dabei erfuhr er, dass die Familie Wegrostek die Nachbarn seines Freundes waren. Am gleichen Tag fiel ihm ein, dass er am Vortag des Mordes am Golfplatz Herrn Wegrostek mit einer ihm unbekannten Dame streiten gesehen hatte. Aus beruflicher Überlastung hatte er dies alles vergessen und diese Begebenheit erst am Ende der Woche dem Herrn Präsidenten gemeldet. Wir konnten diese Dame daher erst eine Woche später in unsere Ermittlungen einbeziehen. Wir hatten unsere Untersuchungen zunächst auf die Geschäfte der Firma Wegrostek konzentriert. Dabei konnten wir feststellen, dass diese bis vor drei Jahren schlecht gingen. Erst danach gab es einen ständigen Aufschwung. Es wurde investiert und ausgebaut, Herr Wegrostek bekam eine neue japanische Autovertretung, und auch der persönliche Aufwand der Familie nahm zu, so wurden auch einige Immobilien erworben, Herr Wegrostek wurde Präsident eines Fußballvereines, und er trat in einen exklusiven Golfclub ein."

Dabei blickte er nicht von seinen Papieren auf. Der Kerl wusste genau, dass wir alle drei Mitglieder dieses exklusiven Clubs waren. Er nahm uns auf die Schaufel.

„Die genaue Befragung des Herrn Doktor ergab nun auch, dass Mitgliedern des Golfclubs Autos gestohlen worden waren. Allerdings nicht im Club selbst. Ich muss hier anführen, dass sich unser Verdacht deswegen vorwiegend auf Autodiebstahl konzentriert hat. Trotz genauester Prüfung der Firmengeschäfte und Untersuchungen der Werkstätten konnten wir dafür keine Hinweise finden. Frau Wegrostek spielte die trauernde Witwe und gab an, nichts zu wissen. Vom Haus an der Grenze haben wir von ihr nichts erfahren. Dieses Haus ist der Besitz von Frau Wegrostek und noch unter ihrem Mädchennamen im Grundbuch eingetragen. Der Herr Doktor hat uns sein Wissen um dieses Haus leider vorenthalten."

Als ich dies hörte, musste ich ihm Abbitte leisten. Ich war wirklich nicht sehr kooperativ oder besser gesagt gescheit gewesen. Ich zuckte bedauernd die Achseln.

Er fuhr fort: „Kurze Zeit später wurde der Herr Doktor angerufen und bedroht. Er wurde aufgefordert, den Mund zu halten. Irgendjemand glaubte dem

Zeitungsartikel, in dem stand, dass Wegrostek im Sterben Hinweise gegeben oder sogar den Namen seines Mörders genannt hätte. Man hatte ihn auf das hin offenbar überwacht und dabei gesehen, dass er von der Polizei neuerlich befragt worden war. Um dieser Drohung mehr Gewicht zu verleihen, wurde bei ihm ein Einbruchsversuch vorgetäuscht, man schlug eine Fensterscheibe ein und löste die Alarmanlage aus. Dieser Einbruch löste bei ihm eine gegenteilige Reaktion aus, er war keineswegs eingeschüchtert, sondern beschloss, die Initiative selbst in die Hand zu nehmen. Zunächst rief er Frau Wegrostek an, und als diese ihn abwies, ließ er sie von einem Detektiv beobachten. Die Dame schien verängstigt und verließ ihr Haus kaum. Sie wurde von einem großen Kerl besucht, von dem sich herausstellte, dass er der Chauffeur von Herrn Bernini, ein gewisser Gustave Flaubert, ist."

Der Konsul räusperte sich.

Steinbeißer sprach sofort weiter: „Der Herr Doktor hat uns das Resultat der Ermittlungen auch mitgeteilt, sodass wir begannen, Flaubert zu überprüfen. Er selbst fuhr wegen eines Kongresses für einige Tage ins Ausland."

Ich hoffte inständig, dass er wegen Bernini nicht erwähnen würde, wo ich gewesen war.

Doch Steinbeißer fuhr schnell fort: „Nach seiner Rückkehr traf er seinen Golffreund, der seinerzeit mit ihm beobachtet hatte, wie Wegrostek mit einer unbekannten Schönen gestritten hatte. Diesem war mittlerweile eingefallen, wer die Unbekannte war. Es war eine Frau Glückstein, Geschäftsführerin in der Firma des Herrn Bernini."

Bernini zuckte bei der Nennung seines Namens neuerlich zusammen.

„Herr Dr. Leistenschneider war zu diesem Zeitpunkt auf die Polizei nicht gut zu sprechen. Unsere Arbeit ging ihm zu langsam vor sich."

Woher wusste er das nun wieder?

„Deswegen beauftragte er seinen bewährten Detektiv mit einer neuen Überwachung. Diesmal sollte er Frau Glückstein observieren und über sie Informationen sammeln. Herr Wotruba, so der Name des Detektivs, erlitt kurz darauf einen Verkehrsunfall. Glücklicherweise hatte er noch vorher einen Bericht an den Herrn Doktor abgeschickt. Darin stand neben persönlichen Informationen über die Dame auch, dass der Chauffeur bei ihr übernachtet habe. In der Firma wurde über das Verhältnis der beiden schon lange getratscht."

Bernini wollte hier etwas einwerfen, aber diszipliniert schloss er wieder seinen Mund und lauschte den Ausführungen weiter.

„In der Nacht jenes Tages, an dem der Herr Doktor den Bericht erhalten hatte, wurde neuerlich in sein Haus eingebrochen. Durch einen Zufall erwachte er und schlug mit einer Flinte drei schwer bewaffnete Männer in die Flucht. Es gelang ihm, in einem Feuergefecht deren Auto zu beschädigen. Ein Einbrecher wurde bei dem Schusswechsel verletzt. Zwei der Täter wurden verhaftet, einem gelang die Flucht. Die zwei Festgenommenen waren international gesuchte Schwerverbrecher aus Rumänien. Wir waren gemeinsam der Meinung, dass die Männer nicht gekommen waren, um einzubrechen, sondern um zu töten. Man wollte den neugierigen Arzt beseitigen. Nach diesem schwerwiegenden Vorfall zog mich der Herr Doktor wieder in sein Vertrauen und teilt mir alles mit, was er über die Angelegenheit wusste. Er übergab mir auch den neuesten Bericht seines Detektivs. Er war der Ansicht, dass auch der Unfall des Detektivs ein Mordversuch an diesem war. Dieser aber konnte sich wegen seines Schädelhirntraumas an nichts erinnern. Er war wahrscheinlich bei seinen Recherchen über Frau Glückstein aufgefallen, und man hatte beschlossen, sich seiner zu entledigen. Die beiden gefassten Verbrecher haben bisher nur die Einbruchsabsicht zugegeben. Zuerst bestritten sie sogar, dass ein Dritter dabei gewesen war, erst später gaben sie es zu. Sie hatten diesen angeblich erst kurz vorher kennengelernt. Dieser habe ihnen den Tipp gegeben, dass in diesem Haus bei einem Einbruch viel zu holen sei. Ihre Beschreibung des Mannes war sehr vage. Beide Männer waren von der Interpol zur Fahndung ausgeschrieben. Sie werden nach der Verbüßung ihrer Strafe in Österreich nach Deutschland überstellt werden. Meiner Meinung nach gehören sie zu einer gefährlichen international agierenden Bande. Zu ihrer Verteidigung hat sich ein bekannter Grazer Rechtsanwalt bereit erklärt. Jemand muss ihm viel Geld dafür geboten haben.

Wir haben nun Frau Glückstein und Herrn Flaubert über ihr Verhältnis zu dem Ermordeten befragt und wollten auch wissen, warum Herr Flaubert Frau Wegrostek abends aufgesucht hatte. Beide erklärten, dass sie keine persönlichen Beziehungen zu ihm gehabt hätten, sie hätten nur geschäftliche Angelegenheiten mit ihm besprochen. Tatsächlich werden einige Autos der Firma Bernini bei Wegrostek gewartet und repariert."

Bernini zuckte die Achseln und sagte: „Es tut mir sehr leid, ich habe nichts über die Liaison der beiden gewusst. Es geht mich außerdem auch nichts an. Ihr Verhältnis mir gegenüber kann ich nur als absolut korrekt bezeichnen. Ich habe bei ihnen immer das Gefühl von absoluter Loyalität mir und der Firma gegenüber gehabt."

„Wir haben Ihre Angaben überprüft und nichts Gegenteiliges herausgefunden. Herr Flaubert hatte für die Nacht des Überfalls ein Alibi, er gab an, mit Frau Glückstein zusammen gewesen zu sein. Sie entlasten sich somit gegenseitig. Wir waren wieder in eine Sackgasse geraten. Dr. Leistenschneider hatte Urlaub genommen und befand sich in Kärnten in relativer Sicherheit. Er rief mich mehrmals an, um zu erfahren, was es Neues gäbe. Obwohl sich wegen der beiden Schwerverbrecher auch die Staatspolizei eingeschaltet hatte, konnte ich ihm nichts Neues berichten, außer dass er noch immer in Gefahr sei. Wiederum brachte er durch seine Aktivitäten die Sache in Bewegung. Er fuhr in seinen letzten Urlaubstagen in die Südsteiermark, um vom Haus seiner Freunde das Wegrostek'sche Anwesen zu überwachen, von dem wir damals allerdings nichts wussten, weil es uns von Frau Wegrostek verschwiegen worden war und auch nicht im Firmeneigentum aufscheint. Dabei beobachtete der Herr Doktor, dass Frau Wegrostek zwei neue Mercedes in Empfang nahm. Er konnte dies auch durch Fotos dokumentieren. Er folgerte richtig, dass diese nach Slowenien gebracht werden sollten. Es gelang ihm sogar, den Weg in allen Details ausfindig zu machen, unter anderem entdeckte er sogar eine mobile Brücke. Er rief mich daraufhin sofort an, konnte mich aber nicht erreichen, und so sprach er seinen Bericht auf meinen Anrufbeantworter. Am gleichen Abend machte er neue Beobachtungen, und zwar dass von der slowenischen Seite offenbar Leute über die Grenze kamen. Anstatt auf die Polizei zu warten, beschloss er, sich in Indianermanier anzuschleichen."

Erst während ich diesem Bericht von Steinbeißer lauschte, kam mir so richtig zu Bewusstsein, was für ein Wahnsinniger ich gewesen war.

Der Commissario fuhr fort: „Dr. Lederstrumpf", besserte sich aber sofort auf Leistenschneider aus, „entdeckte in einem Schuppen dunkelhäutige Menschen, offenbar illegale Einwanderer. Als er sich zurückziehen wollte, verließ ihn sein Glück, er wurde entdeckt und niedergeschlagen. Dies geschah ganz professionell, wahrscheinlich mit einem Sandsack. Sein Hut dämpfte den Schlag, sodass er keine schwere Verletzung erlitt. Die Geschichte seiner Gefangenschaft im Kellerstöckl und der erfolgten Selbstbefreiung kennen Sie. Als er mich anrief, löste ich sofort Alarm aus, und meine Männer fuhren an die Grenze – zu spät. Das Haus war versperrt, die Vögel ausgeflogen. Wir haben heute Vormittag auch Flaubert einvernommen. Er hat uns gesagt, dass er erst gestern Abend aus Frankreich zurückgekommen wäre. Sein Alibi wird von unseren französischen Kollegen überprüft werden. Er zeigte uns auch sein Flugticket."

126

Hier unterbrach uns Bernini: „Natürlich war er in Frankreich, er hat meine Frau begleitet. Sie ist noch immer dort."

„Aha", meinte Steinbeißer, „dann ist das wenigstens geklärt. Wahrscheinlich werden wir ihm überhaupt nichts nachweisen können, er bleibt auf freiem Fuß. Frau Glückstein haben wir vorläufig nicht einvernommen oder gar festgenommen. Ich bin aber überzeugt, dass sie ihre Hände im Spiel hat. Frau Wegrostek hingegen ist bereits verhaftet, sie berät sich derzeit mit ihrem Rechtsanwalt. Sie wird eine Erklärung über die beiden Mercedes abgeben müssen, die nachweislich am Wochenende auf ihrem Grundstück standen, ebenso über die Asylanten, die verschwunden sind. Wir haben in Zusammenarbeit mit den slowenischen Behörden Reifenabdrücke über die Grenze hinunter bis zum Bach gefunden. In dem Schuppen fand sich auch professionelles Werkzeug, das darauf schließen lässt, dass an den Autos Umbauten und Änderungen vorgenommen wurden.

Was Herrn Dr. Leistenschneider betrifft, steht für mich außer Zweifel, dass seine selbstständige Befreiung ihm das Leben gerettet hat. Man hat mit seiner Liquidation nur zugewartet, weil man offenbar zunächst damit beschäftigt war, Asylanten und Autos verschwinden zu lassen und sich wahrscheinlich auch noch mit Frau Glückstein beraten wollte, wie man seinen Leichnam verschwinden lassen könnte. Vielleicht war das die Ursache, dass Flaubert aus Frankreich zurückgekommen ist."

Nach diesem ausführlichen Bericht herrschte erst einmal Stille. Der Präsident sah mich an. „Paul, was sagst du dazu?"

Ich räusperte mich: „Der Herr Kommissar hat die ganze Affäre exakt dargestellt, und ich teile seine Schlussfolgerungen. Es tut mir leid, dass wir nicht immer so harmoniert haben. Ich glaube aber, wir haben jetzt ein sehr gutes Verhältnis zueinander."

Der Präsident wandte sich nun an Bernini: „Lieber Freund ...", der Kerl war auch mit allen Leuten per Du, „du musst verzeihen, aber wir haben auch dich in unsere Ermittlungen einbeziehen müssen. Nicht der geringste Beweis hat sich gefunden. Um dich völlig zu entlasten, treten wir nun mit einer Bitte an dich heran. Frau Glückstein benützt ganz offensichtlich deine Firma für dunkle Geschäfte. Leider haben wir keine Beweise, um sie überführen zu können, wir brauchen deine Hilfe. Mit großer Wahrscheinlichkeit ist Flaubert ihr Komplize."

Bernini ergriff mit zunächst leiser Stimme das Wort: „Sie können sich alle vorstellen, wie peinlich mir diese Angelegenheit ist. Es würde mir auch geschäftlich schaden, wenn etwas davon an die Öffentlichkeit käme. Ich habe Frau Glückstein vor fünf Jahren bei mir eingestellt, und sie hat durch ihre Tüchtigkeit mein volles Vertrauen erworben. Durch ihre Sprachkenntnisse war sie mir bei unserer Expansion in die Ostländer eine unschätzbare Hilfe. Als ich heiratete, nahm sie den Posten ein, den meine jetzige Frau damals innehatte. Ich kann mir auch jetzt nur schwer vorstellen, dass sie mich hintergangen hat. Vor etwa drei Jahren ist sie mit Gustave aus Frankreich zurückgekehrt und hat mir empfohlen, ihn als Chauffeur und Bodyguard einzustellen. Wie Sie vielleicht wissen, bin ich in Polen einmal ausgeraubt worden. Er war ein guter und verlässlicher Fahrer, und ich fühlte mich durch seine Gegenwart stets sicher. Frau Glückstein gab sich in meiner Anwesenheit ihm gegenüber immer distanziert."

Der Kommissar unterbrach den Konsul: „Können Sie uns ihre Position in der Firma etwas genauer beschreiben?"

„Sie hat die Stelle einer Geschäftsführerin im Baugeschäft bei allen Unternehmungen, welche wir in Ungarn, Polen und in Russland durchführen. Frau Glückstein hatte vor vier Jahren die Idee, ein Speditionsunternehmen, die East Sped, zu gründen. Mit diesem Unternehmen sind wir in der Lage, notwendige Materiallieferungen ohne Zeit- und Sachverlust durchzuführen. Das Unternehmen führt schon lange neben dem Baumaterialiengeschäft auch Warentransporte durch. Es hat eine stetige Aufwärtsentwicklung durchgemacht, die Spedition wird von Frau Glückstein fast selbstständig geleitet."

Mit nun schon festerer Stimme, jeder Zoll ein erfolgreicher Unternehmer, fuhr er fort: „Was kann ich für Sie tun?"

Der Kommissar, unbewegt wie immer, meinte: „Wir möchten Sie bitten, Frau Glückstein und den Chauffeur weiter zu beschäftigen und sie von unserem Verdacht nichts merken lassen. Wir bitten Sie weiters, dass Sie uns erlauben, die Telefone Ihres Stadtbüros abhören zu lassen. Meiner Meinung nach hat Frau Glückstein mehrere Geschäftspartner im Osten, die sich früher oder später bei ihr melden werden. Wir werden auch ihre Privatnummer überwachen, dabei werden wir langfristig sicher Erfolg haben. Wir bitten Sie auch, niemandem, auch nicht Ihrer Frau, davon etwas zu sagen. Wenn die zwei Verdächtigen etwas bemerken, können wir sie nie überführen."

Bernini passte es nicht, Menschen weiter bei sich zu beschäftigen, die ihn so hintergangen hatten, und die Telefonüberwachung passte ihm schon gar nicht. Ich konnte mir vorstellen, dass auch manche seiner eigenen Telefonate nicht für fremde Ohren bestimmt waren. Er war aber vernünftig genug und stimmte zu. Wir verabschiedeten uns herzlich, und mit dem Versprechen, demnächst einmal miteinander Golf zu spielen, trennten wir uns.

Golf-Nachlese

Die nächsten Wochen vergingen, ohne dass ich etwas
Neues von der Polizei hörte. Unser Beschützer wurde zunächst für ein paar Tage, dann aber überhaupt
abgezogen. In der Nacht fuhren allerdings relativ oft
Streifenwagen an unserem Haus vorbei. Dadurch, dass
die Hauptverdächtigen unbehelligt geblieben waren,
schien ich in Sicherheit zu sein. Zu meinem Leidwesen
übernachtete Julia jetzt wieder öfters in ihrer eigenen
Wohnung. Der Sommer verging so rasch, wie er gekommen war. Zur Zufriedenheit aller Golfspieler ging er
in einen goldenen Altweibersommer über. Ich weiß gar
nicht, ob man diesen Ausdruck heute noch verwenden
darf. Unsere Frauenpolitikerinnen stört er sicher, sie wit-
tern vermutlich darin eine Diskriminierung. Dieses Wort
wird wohl bald das Parlament beschäftigen.

Ich spielte erfolgreich bei einigen Turnieren mit und
erreichte mein Jahresziel von einem Handicap 18. Das
war für das fünfte Golfjahr gar nicht so schlecht, denn
man muss ja berücksichtigen, dass ich beruflich nicht wenig zu tun habe. Vom Turnierspielen hatte ich dann aber
bald die Nase voll. Denn die meisten waren nicht so spannend verlaufen, wie das eine, an dem ich einen Mitspieler
verloren hatte, oder das andere, bei dem ich mit den beiden hübschen Damen spielte. Ich hatte zum Teil unange-
nehme oder unsympathische Partner. Man musste immer
wieder aufpassen, dass nicht geschwindelt wurde, und
den Leuten immer wieder vorzählen, wie viele Schläge

sie tatsächlich gebraucht hatten. Es gibt Leute, die bitten bei Handicap-Turnieren die Sekretärin, sie mit ihren Freunden zusammenspielen zu lassen. Dann kommen sie zu dritt mit sensationellen Ergebnissen zurück. Einige sind so zu Handicaps gekommen, die sie unter normalen Bedingungen nie mehr spielen können. Einmal sahen wir, wie eine Damenrunde den Ball in den Teich schlug, und hinterher spielten sie, als ob nichts gewesen wäre, den zweiten Ball nicht vor dem Teich, sondern dahinter weiter. Mir ist es immer unangenehm, wenn ich meinen Partner korrigieren muss, wenn ich eine Schwindelei sehe. Ich selbst schwindle praktisch nie. Natürlich kann es passieren, dass ich hin und wieder bei einem Ball anstoße, der schlecht liegt, aber das kann man keineswegs als Schwindeln bezeichnen, auch wenn der Ball dann eine bessere Position hat.

Die begehrten großen Turniere dauern mir mit fünf Stunden auch immer zu lang, sodass ich zum Schluss müde und ungeduldig zugleich bin. Vielleicht werde ich nächstes Jahr das Turnierspielen überhaupt sein lassen.

Golf beginnt immer mehr ein Massensport zu werden, ganz so wie Jahre zuvor das Tennis. Die Masse bringt leider auch ihr Benehmen auf den Golfplatz mit. In diesem Jahr hat es bei uns eine Reihe von Beschwerden über Greenfee-Spieler gegeben, die sich unmöglich und etikettenwidrig verhalten haben.

Die Golfregeln besagen, dass ein langsamer Flight einen schnelleren vorbeispielen lassen soll. Ein Vierer sollte einen Zweier immer vorbeispielen lassen. Oft ist es so, dass die Guten die Etikette besser kennen und man bei ihnen eher vorbeispielen darf. Manche heftige Gemütswallung kommt auf, wenn man hinter langsamen Golfern nachspielen muss. Da gibt es die Anfänger, die können es nicht besser, aber eingeschüchtert, wie sie sind, lassen sie einen vorbei. Besonders schlimm sind oft die Gäste – Vierer, womöglich Spätberufene, die auf Urlaub sind, sie haben Zeit und Greenfee bezahlt. Die lassen niemand vor. Zieht man endlich wutschnaubend an ihnen vorbei, berufen sie sich auf die vor ihnen spielenden anderen Langsamen, die sie wiederum aufgehalten haben. Langsam kann man auf verschiedene Arten sein. Es gibt langsame Esser, langsame Arbeiter, langsame Kartenspieler und langsame Golfer. Allein wenn man manchen Leuten zusieht, wie sie den Schläger auswählen, dann wieder zurückstecken und dann einen neuen wählen, dann den Ball ansprechen, eine Unzahl von Probeschwüngen machen, könnte man, auf gut Steirisch, abhupfen. Und viele Damen benützen ihren Golfsack gewissermaßen als vergrößerte Handtasche. Da gibt es viel zu kramen und zu suchen, und das alles vor dem Grün, das sie längst verlassen hätten sollen.

In unserem Club haben wir einen guten Spieler, der alle mit seinen Vorbereitungen zum Schlag nervt. Er steht neben dem Ball, man sagt zu dem Vorgang, er spricht den Ball an, macht eine Unzahl von Probeschwüngen, dann verfällt er in eine Reihe von konvulsivischen Zuckungen, bis er sich entschließt, den Ball zu schlagen. Wenn ich mit ihm zusammenspiele, drehe ich mich meist weg und starre in die Landschaft, weil mir seine Vorbereitungsrituale auf die Nerven gehen. Wenn ich mich nach einigen Minuten umdrehe, ist er meist immer noch nicht fertig. Schlimm ist es auch, manchen Golfern beim Putten zuzusehen. Da studieren Anfänger minutenlang eine Puttlinie und putten dann mit einer Technik, bei der jedes Studium überflüssig scheint. Arg sind auch die Golfbuben mit dem Single Handicap. Sie spielen zwar gut. Zuerst driven sie 250 Meter, aber der Ball ist irgendwo in der Pampa und muss gesucht werden, dann sehen sie sich eine Puttlinie endlos lang an, weil dies bei einem Könner etwas bringt, aber so lange wie sie dazu brauchen, so gut sind sie auch wieder nicht. Ein jeder glaubt, ein kleiner Tiger Woods zu sein. Aus diesen Betrachtungen können Sie schließen, dass ich beim Essen, Arbeiten und Golfspielen ziemlich rasch bin und auch meine Geduld begrenzt ist.

Mir gehen auch die Handyspieler auf die Nerven. Da stehen sie beim Üben auf der Driving Range und halten das Handy mit der rechten Hand an ein Ohr, und mit der Linken schwingen sie lässig den Schläger vor und zurück, um dabei locker zu bleiben. Vor allem das blöde Lächeln kann ich nicht ertragen, das die meisten beim Telefonieren aufsetzen. Ich habe auch keine Lust, ihre stupiden Gespräche mitzuhören. Ganz arg war es einmal, als bei meinem Abschlag bei einem Turnier ein Handy läutete. Ich tötete den Schuldigen mit meinen Blicken, und er stellte sofort schuldbewusst sein Spielzeug ab. Am Ende des Turniers hatte er 30 Anrufe auf seinem Apparat registriert. Wie leben solche Menschen? Ich habe wahrlich einen Beruf, bei dem dieses Gerät nützlich ist, habe es aber nur bei Bedarf eingeschaltet.

Im Golf ist es in den letzten Jahren, wie bei anderen Sportarten auch, zu einer wesentlichen Verbesserung des Materials gekommen. Die Schlägerköpfe wurden größer, die Schäfte elastischer, und damit wurde bis zu einem gewissen Grad das Spielen leichter und die Schläge länger. Der Stolz eines jeden Mannes sind seine Kraft und seine Potenz, wobei der stetige Wunsch besteht, beides möge noch größer sein, als es ohnehin ist. Somit wird bei diesen Dingen angegeben, was das Zeug hält. Auf Golf übertragen bedeutet dies, die Bälle sollen so weit fliegen, so weit es nur möglich ist. Besser einen Abschlag von 250 Metern, der dann im Gebüsch liegt, als einen von nur 180 Metern, der in der Fairway-Mitte landet. Somit wird unter den ehrgeizigen Männern, und wer ist nicht ehrgeizig?, auf den Ball draufgedroschen, was das Zeug hält. Jedes Jahr werden neue, bessere Driver, so heißen die Hölzer, mit denen man abschlägt, gekauft, um ja nur noch größere Weiten zu erzielen und seine Partner auszudriven. Der Hit des vergangenen Jahres war der neueste Black Driver um 700 Euro. Am Jahresende besaßen ihn alle ehrgeizigen Spieler unseres Clubs, aber nicht alle konnten seine Vorteile ausnutzen. Es ist beinahe so wie in der Jugend, als um die Wette gepinkelt oder die Penislänge verglichen wurde. Die armen Männer, selbst in der Freizeit haben sie nur Competition. Die Frauen haben es da leichter, sie sind diesbezüglich nicht so ehrgeizig, und sie plagt dieses Problem der Länge der Schläge weitaus weniger: Sie schwingen ruhiger, treffen den Ball besser, und der fliegt dann auch unerwartet ziemlich weit.

Wer von diesem Ehrgeiz profitiert, ist eindeutig der Pro. Aber dieses Wort kommt nicht nur von Professional, wie ich vorher schon erwähnt habe, sondern hat auch mit Profit zu tun. Frustrierte Spieler suchen seinen Rat, um aus der Schwungkrise herauszukommen. Bei einer Trainingseinheit wird aber immer nur wenig korrigiert: Der Stand, das genügt fürs Erste. Dann der Griff, sofort geht es besser, dann der Rückschwung, dann die Kopfhaltung, dann das Ballanschauen, dann der Durchschwung usw.

Die positiven Resultate einer Stunde kommen nicht sofort, sondern ganz im Gegenteil, erst viel später zum Tragen, nämlich dann, wenn man wieder zu seinem alten Schwung zurückkehrt. Einer, der heute besonders schlecht spielt, erklärt dann: „Ich kann heute nicht spielen, vor ein paar Tagen wurde mein Schwung umgestellt." Sie sehen, Golf ist ein wunderbarer und fairer Sport, bei dem man entspannt die Natur genießt.

Wieder im Spital

Im Spital lief es wie immer: Höhepunkte wechseln mit Rückschlägen ab. Die guten Schwestern werden schwanger und gehen in Karenz oder wegen der angeblich besseren Bezahlung nach Wien oder in ein privates Sanatorium. Dafür kommen Schwestern aus Asien, der Slowakei und dem ehemaligen Jugoslawien. Die meisten dieser Schwestern sind nett, gut ausgebildet und ein echter Gewinn. Die Patienten beklagen sich über Bettnachbarn, Schwestern und Ärzte. Der Ombudsmann will wissen, warum manchmal in einem Sonderklassezimmer kein Bad ist.

Aufgrund des permanenten Geschimpfes der Medien über die Gesundheitspolitik betreten heute viele Menschen ein Krankenhaus in der Erwartung der schrecklichen Dinge, die ihnen zustoßen werden. Von Zeit zu Zeit wird ein völlig ahnungsloser Politiker, sei es bei uns oder, wie vor Kurzem in Brüssel, mit dem Gesundheitsressort betraut. Trifft er auf einen Hygieniker, so teilt ihm dieser, um sich und seine Profession aufzuwerten, mit, dass in den Spitälern zehntausende Menschen an einer Krankenhausinfektion sterben. Der Politiker ist erschrocken, denn das könnte ihm ja auch passieren. Das muss sofort geändert werden, er schlägt Alarm, geht damit in die Medien, und die Menschen haben Angst. Glauben Sie mir: Das ist reiner Blödsinn. Diejenigen, die im Spital an einer Infektion durch einen resistenten Spitalskeim sterben, sind Schwerkranke, meist auf Intensivstationen.

Informiert der Politiker sich bei einem Psychologen, so überzeugt ihn dieser, dass es noch immer zu wenig psychische Betreuung gibt, dass die Patienten bei besserer psychischer Betreuung früher gesund werden würden. Auch die Ärzte und Schwestern bräuchten dringend ein Coaching. Psychologen sind der allgemeinen Meinung, dass alle Menschen ohne psychische Betreuung am Arbeitsplatz und im Privatleben auch physisch krank werden. Man möge also doch bitte weitere Psychologen einstellen. Der ahnungslose Politiker ist abermals entsetzt und beschließt dann sinnlose Maßnahmen, nach dem Motto: jedem Patienten sein Psychotherapeut. Dabei gibt es jetzt bereits so viele, dass sie sich, wegen des Arbeitsmangels, selbst betreuen müssen.

Trifft der Politiker auf Vertreter des Pflegedienstes, so wird ihm eingeredet, dass das Niveau der Krankenpflege nur durch eine bessere Ausbildung der Schwestern, also zumindest durch ein Universitätsstudium, zu erreichen ist. Und es wird sofort eine Pflegeakademie gegründet. Merkwürdigerweise sprechen die Politiker fast nie mit denen, die wirklich etwas vom Spitalsbetrieb verstehen, nämlich mit den Ärzten. Aber ich merke, ich werde polemisch.

Dies allem zum Trotz verlassen die meisten Patienten das Spital aber zufrieden und geheilt. Abgesehen von der Unmöglichkeit, es zu finanzieren, haben wir in Österreich wahrscheinlich das beste Gesundheitssystem der Welt. Wien ist ausgenommen, denn dort steht das schon alte, neue AKH, ein Turmbau zu Babel, dessen Betrieb das gesamte österreichische Gesundheitssystem unfinanzierbar gemacht hat. Deswegen will es die Stadt Wien auch ganz dem Bund andrehen, dann zahlt wie bisher ganz Österreich dazu.

Da ich vor Kurzem von einem dankbaren alten Bäuerlein, das besonders höflich sein wollte, mit „Herr Präsident" angesprochen wurde, möchte ich ein paar Zeilen zur Titelsucht in Österreich einfügen. In unserem Land ist es aus Tradition oder Opportunismus immer schon wichtig gewesen, dass wir unser Gegenüber mit dem richtigen Titel anreden. Und der österreichische Staat hat seit jeher für eine barocke Vielfalt von Titeln gesorgt. Wo findet man schon ein Land, in dem es zwar keinen Hof mehr gibt, aber noch genügend Hofräte? Man sollte eigentlich meinen, dass in der nüchternen Zeit, in der wir leben, dafür kein Platz mehr ist. Dem ist aber keineswegs so. Die Eitelkeit der Menschen ist ungebrochen – jeder will für sich einen Titel haben, und jeder ist auch bereit, andere damit anzureden. Was tut man nicht alles, um einen Titel zu erringen? Man wird Konsul, man gibt einer Universität Geld und wird deren Ehrendoktor, oder man kann sich eine Doktorarbeit schreiben lassen, die Wirtschaftskammer verleiht den Titel Kommerzialrat.

Hand aufs Herz: Wer würde einen Polizisten, von dem er wegen überhöhter Geschwindigkeit aufgehalten wird, nicht mit „Herr Inspektor" ansprechen? Es empfiehlt sich dringend, den Richter, der einen gerade verurteilt, zumindest mit „Herr Rat" anzureden. Jeder Kunde, der eine Brille trägt oder sonst wie intellektuell erscheint, wird von einem geübten Verkäufer mit „Herr Doktor" oder besser mit „Herr Professor" angesprochen – wobei in einem Land, in dem jeder Komiker Professor wird, dieser Titel meistens sogar zutrifft.

Die nachfolgenden Zeilen sollen für den Krimileser als Patient ein kleiner Leitfaden sein, damit er im Umgang mit den Menschen, die ihn von seiner Krankheit heilen sollen, keine Fehler macht. Schon beim Aufsuchen seines Haus- oder eines Facharztes sollte man die Tafel vor der Ordination genau studieren. Denn nicht immer handelt es sich um einen einfachen Arzt, der Doktor könnte bereits ein Medizinalrat oder gar ein Obermedizinalrat sein. Kaum einer der Kollegen lehnt, wenn er in die Jahre gekommen ist, die Verleihung dieses Titels ab.

Im Spital herrscht heute allgemeine Verwirrung. Sofern das Personal Namensschilder trägt, kann man Ärzte von Pflegern unterscheiden. Lesen Sie diese Aufschriften genau und verlassen Sie sich nicht mehr auf das Aussehen der Personen. Mir ist es nach vielen Jahren im Krankenhaus nicht mehr möglich, von der Kleidung her eine Unterscheidung vorzunehmen. Ärzte, die früher weiße Kittel trugen, einen Kurzhaarschnitt hatten und rasiert waren, sehen heute womöglich anders aus. Sie tragen Flinserln im Ohr und bunte T-Shirts. Frauen tragen im Spital mit Vorliebe Hosen. Wer weiß schon, ob es sich dabei um Ärztinnen, Schwestern oder Pflegerinnen handelt? In unserem Bundesland allerdings kann man Ärztinnen und Schwestern deutlich unterscheiden, da die Holding für die Schwestern und Pflegerinnen eine eigene Tracht kreiert hat. Leider ist diese neue Uniform kaum von der des Putzdienstes zu unterscheiden. Nichts gegen die Kleidung von diesem.

Beim weiblichen Pflegepersonal ist es stets angebracht, die Damen mit „Schwester" anzureden. Mit Oberschwestern werden Sie als Patient keinen Kontakt haben, denn die kommen nicht ans Krankenbett. Sie befinden sich in ihren Büros oder auf Fortbildungskursen. Auch das nicht diplomierte Pflegepersonal freut sich über ein freundliches „Schwester". „Schwester" ist überhaupt eine schöne Anrede. Wie aber spricht man die männlichen Schwestern, die Pfleger, an? „Herr Diplompfleger"? Ich schlage vor, sie mit „Herr" und dem Vornamen anzusprechen. Wenn Sie ihnen schmeicheln wollen, können Sie zu ihnen auch „Herr Doktor" sagen.

Kommen wir nun zu den Ärzten. Die jungen Damen und Herren, die meist noch freundlich sind, weil sie Ihnen Ihre Venen zerstechen dürfen, können Sie unbesorgt mit „Frau Doktor" bzw. „Herr Doktor" titulieren, vielleicht auch schon mit „Assistent" – sie freuen sich noch alle über die neu erworbene Würde. Dann aber wird es schwieriger. In alten Zeiten gab es den Primarius oder den Klinikchef, und der hatte nur Assistenten. Der Titel Assistent entsprach dem eines heutigen Oberarztes. Später wurde für den Obersten der Ärzte der Oberarzttitel eingeführt. Bald aber gab es mehrere Oberärzte, und der Assistent wurde an die jüngeren Kollegen abgegeben. Seit einigen Jahren wird man automatisch mit der Erlangung des Facharzttitels Oberarzt, sodass die überwiegende Mehrzahl der Stammärzte Oberärzte geworden sind. Für Sie als Patient gilt es, diesen Titel unbedenklich anzuwenden. Es gibt heute in den Spitälern so viele Oberärzte, wie es in den Verwaltungen Hofräte gibt.

Ganz verwirrend ist es auf den Universitätskliniken geworden. Früher gab es einen Professor, und wenn es gut ging, noch einen zweiten, der war dann außerordentlich. Daneben gab es vielleicht noch einige Dozenten. Diese sind im Puppenstadium der Professorenwürde. Um Dozent zu werden, muss man wissenschaftlich arbeiten. Der Unterschied zwischen einem außerordentlichen und einem ordentlichen Professor sei, so behaupten böse Zungen, dass der außerordentliche nichts Ordentliches und der ordentliche nichts Außerordentliches wisse. Mit dem Universitätsorganisationsgesetz von Ministerin Firnberg fing es anno dazumal an. Es gab nun zusätzlich §-31-Professoren, die nicht nur den Titel, sondern auch bessere Gehälter und mehr Rechte hatten. Das war den altgedienten Ärzten, die nie wissenschaftlich gearbeitet hatten, zu viel. Auch sie wollten nun einen Titel haben. Und so wurde der neue Typ, der Assistenzprofessor, geschaffen. Dieser ist ein Professor, der nie wissenschaftlich gearbeitet hat. Um Sie vollends zu verwirren, teile ich Ihnen mit, dass heute die Kliniken nicht unbedingt von den ordentlichen Professoren geführt werden. Diese können als Chef abgesetzt und durch außerordentliche Professoren ersetzt werden. Mein Rat an alle, die auf einer Klinik liegen: Sprechen Sie jede ältere Person, die ein Arzt zu sein scheint, mit „Professor" an, dann liegen Sie praktisch immer richtig. Ob Sie sich in einer Klinik befinden oder nicht, merken Sie als Sonderklassepatient schnell, denn in der Klinik bekommen Sie eine eigene Honorarnote.

Generell gilt: Seien Sie nicht kleinlich mit Titeln, die so Angesprochenen freuen sich darüber.

Unsere aufwendigen und langwierigen Untersuchungen und Erhebungen über die Diebstähle in unserem Spital hatte noch keine Ergebnisse gebracht. Weiterhin war trotz aller Vorsicht der OP-Chefin ein zu hoher Verbrauch von Material zu registrieren. Wir hatten beschlossen, die heurigen Urlaube in unsere Berechnungen einzubeziehen. Wenn alle vom Urlaub zurück waren, müssten wir neue Hinweise bekommen.

Steirischer Herbst

Der Herbst bei uns hat es in sich. Erstens beginnt im September die Kongresssaison. Bis Weihnachten kann man praktisch jedes Wochenende auf eine Tagung fahren, denn zu dieser Jahreszeit finden in Europa hunderte medizinische Kongresse statt.

Ab Oktober müssen dann sogar die Universitäten ihren Lehrverpflichtungen nachkommen. Professoren und Studenten fällt dies gleichermaßen schwer. Die kurze dreimonatige Sommerpause ist vorbei, deswegen beginnt der Betrieb nur langsam und etwas stockend. Die Studenten strömen wieder in die Stadt, um für einige Monate etwas zu tun. Die Parkplätze vor der Uni werden Mangelware. Davor stehen Zigaretten rauchend und telefonierend viele junge Menschen. In den Hörsälen herrscht Gedränge, besonders in denen, wo man so wichtige Studien wie Publizistik, Psychologie und Soziologie betreibt. In diesen Fächern haben wir in Österreich einen ungeheuren Nachholbedarf, die Zeitungen sind voll von Stellenangeboten. Die an der Uni angrenzenden Lokale werden, zum Ärger der Anrainer, zum Bersten voll. Mich freut es immer aufs Neue, die vielen jungen Leute zu sehen, ohne die mir die Stadt zu leer und verschlafen ist. Am Abend wird das Univiertel für die Autofahrer gefährlich, denn nur jeder fünfte Radfahrer hat auf seinem Fahrzeug eine adäquate Beleuchtung. Da nützt es auch nicht, dass die meisten ohnehin auf den Gehsteigen fahren. Die Polizei sieht diesem Treiben tatenlos zu. Die

Beamten sitzen in ihren Wachstuben, gut durch verriegelte Doppeltüren gesichert, an den Schreibtischen und nehmen Anzeigen über Straftaten auf.

So wie die Blätter der Bäume sich am Boden ansammeln, so hatten sich auf meinem Schreibtisch die Ankündigungen des steirischen herbstes angesammelt. Unser beliebtes Kulturfestival warf in diesem Jahr seine Schatten in Form eines besonders scheußlichen Plakats voraus. Die Grazer sind dagegen schon so immun, dass sie achselzuckend vorbeigehen, es reicht nicht einmal mehr zu erbosten Leserbriefen. Was waren das noch für Zeiten, als ein aufgebrachter Bürger als Protest gegen ein Nitsch-Spektakel vor dem Kulturhaus eine Fuhre Mist ableerte. Ein wollüstiges Aufheulen ging damals durch die Kunstwelt. War das nicht eine reaktionäre Aktion des Bürgertums gewesen, die zu bekämpfen es galt? Als die in ein NS-Mahnmal umfunktionierte Mariensäule am Eisernen Tor von einem Verrückten angezündet und schwer beschädigt wurde, war auch jedermann empört. Die einen, weil die Mariensäule, und die anderen, weil das Kunstwerk beschädigt worden war. Daraus ließe sich einiges über den Kunstbegriff der Grazer ableiten. Die meisten Grazer sind froh, wenn ein steirischer herbst vorbeigegangen ist, ohne seine Kunstabfälle zu hinterlassen wie den Rostigen Nagel im Stadtpark oder das Lichtschwert vor dem Opernhaus.

Am ersten verregneten Sonntag beschloss ich, die Orte der bildenden Kunst aufzusuchen und mir auf ei-

145

nem Rundgang einen Überblick zu verschaffen. Hoffnungsvoll begann ich im Kunsthaus. Ich glitt über die Rolltreppe in die finstere Höhle hinauf. Zwei Damen hatten hier ihre Zelte aufgeschlagen: Die eine hatte Porträts ihrer berühmten Freunde hergestellt, indem sie aus Papierschnitzeln ihrer Korrespondenz entweder Collagen verfertigte oder diese in Plexiglasbehälter füllte. Dazu gab es auf Knopfdruck eine Geräuschkulisse wie etwa das Klappern einer Schreibmaschine oder das Zerreißen der Papierschnitzel. Immerhin hinterließen zwei in Schwarzweiß geklebte Bilder einen künstlerischen Eindruck. Die zweite Dame hatte eine Botschaft: Die Zeit läuft zu schnell, wir beten die immer schneller laufenden Bilder des Fernseh-Video-Zeitalters an, die Natur geht verloren. Hatte ich das nicht schon einmal gehört? Mit ihren Bildern und Videoinstallationen verordnete sie gleichsam eine Therapie. Die vertikale, langsam gehende Uhr, das Betrachten von Bildausschnitten sollen unser Tempo bremsen. Ich fand den Ansatz gut, Schlimmeres wäre möglich gewesen. Kinder hatten vor Behältern voll mit blubbernder Plastikmasse ein großes Vergnügen. Leider durften sie nicht in die Plastikmasse hineingreifen. Die Kleinen fanden auch an einem turnenden kleinen Roboter ihren Spaß. Er purzelte hin und her, mir gefiel er auch. Unser Kunsthaus erinnert mich immer an einen Untergrundbahnhof. An krummen Wänden flackerten diesmal schlecht gemachte Videos. Manchmal denke ich mir, wenn jemand nicht malen, nicht fotografieren, nicht filmen und nicht dichten kann, dann versucht er, alles zusammenzumischen. Die Kritik steht diesen Bemühungen völlig hilflos gegenüber, kommt zu keiner Meinung, beschreibt diese Dinge. Denn es könnte sich herausstellen, dass einer dieser Künstler später berühmt wird.

Die Needle ist der schönste Platz im Kunsthaus, man sieht von dort die ganze Altstadt und wird dabei nicht vom Anblick des Kunsthauses gestört. Im Foyer hing diesmal ein Plakat mit dem Bild des Chefs des Joanneums und der Tochter einer berühmten Sammlerin, die auch Leihgeberin ist. Ich wusste nicht, ob dies als Kunstwerk zu betrachten sei oder ob es die wunderbare Symbiose darstellen soll, die Leihgeber und Museen heute eingehen. Viele berühmte Sammler geben heutzutage ihre Sammlungen in Museen, um sich die Lagerkosten und die Versicherung dafür zu ersparen. Das ist ein eigenes Kapitel des heutigen Kunstbetriebes.

Auch der Kunstverein hatte seine Räume zur Verfügung gestellt. Wiederum bezahlte ich Eintritt, diesmal etwas mehr. Was soll es, der Verein gehört gefördert. Ich hatte mir von der bekannten Malerin einmal ein Bild kaufen wollen, aber hier gab es nur ein Video von ihr, allerdings ein sehr intimes. Ich sah, wie sie sich mit leicht vertrotteltem Gesichtsausdruck, lallend, an Busen und Scham greift, dann wanderte die Kamera über Wand, Spiegel und Fenster wieder auf den Finger an der Scham zurück. Erwartungsvoll fragte ich die junge Dame, die auf die Vorführung aufpasste, wie lange dieser Clip wohl dauere. „Vier Stunden", war die Antwort.

Das war mir zu lange, ich ging weiter, obwohl man vielleicht noch mehr zu sehen bekommen hätte. Im nächsten Raum wollte ich ein anderes Video ansehen, wurde aber von einem Kulturwächter aufgefordert, mir vorher ein Pinocchiokostüm anzuziehen. Ich weigerte mich, das zu tun, warf trotzdem einen raschen Blick auf den Schirm und sah zwei Pinocchios, wie sie nach Art von Hunden koitierten. Das reichte mir und ich ging weiter.

Mächtige bunte Schriftbalken verkündeten, was Andy Warhol Tiefschürfendes gesagt hatte, das übliche „Fuck off" durfte da nicht fehlen. Warhol hat viele hervorragende Aussprüche getan, etwa: „Zum Schluss ist jedermann einmal eine Viertelstunde lang berühmt" oder „Art is business".

Daneben gab es glatte, gut gemachte Fotos von irgendjemand, von irgendwo über irgendwas. Andere Fotos waren verwischt oder verwackelt. Sie und ich hätten diese Fotos nie entwickelt, sondern weggeschmissen, aber irgendwer hatte sie zum Kunstwerk erklärt.

Waren es bisher einheimische Installateure gewesen, so waren es hier welche von anderswo. Dies zeigte, dass so etwas heute überall produziert und ausgestellt wird.

Leicht angeschlagen wankte ich zum Herzen der steirischen herbstes, zum Palais Attems. Dort stand ich vor einem Büro, in dem ernste, junge, schwarz gekleidete Damen vor Bildschirmen saßen. Ich fragte sie, wo hier die Ausstellung sei. Wortlos wiesen sie auf eine idyllische Schilf- oder war es eine Strohlandschaft, die vor dem Büro installiert war. Mit weichen Knien stolperte ich die steilen Stufen hinunter. Das war es wieder einmal gewesen, eine echte Kulturinfusion. Wie sagt Nestroy so schön: „Kunst ist, was ma net kann, denn wenn ma's amal kann, is es ka Kunst mehr."

Als ich das Palais verlassen wollte, stand ich plötzlich vor Susanna. Ich hatte sie seit unserer Affäre in Budapest nicht mehr gesehen, aber doch hin und wieder an sie gedacht. Sie sah nicht gut aus. Ihre Augen waren tief umrandet und trotz des Make-ups schien ihr Gesicht blass zu sein. Eine blasse Schönheit. Sie trug ein elegantes Kostüm mit einem kurzen Rock, der ihre wohlgeformten Beine zeigte.

„Susanna, wie geht es dir?"

Freudig küsste ich ihre beiden Wangen.

„Nicht besonders gut, ich war in der letzten Zeit etwas krank."

„Hoffentlich nichts Ernstes. Gehen wir doch etwas trinken."

Ich führte sie in ein kleines Café in der Innenstadt und bestellte uns zwei Aperol.

„Ich habe von meinem Mann gehört, was mit dir geschehen ist. Das ist ja schrecklich, man wollte dich wirklich beseitigen?"

„Ja, mehrmals, ich habe aber Glück gehabt. Ich habe meine Nase in Dinge gesteckt, die sehr gefährlich waren."

„Hast du jetzt keine Angst mehr?"

„Eigentlich nicht. Jetzt, nachdem die ganze Geschichte mit dem Menschen- und Autoschmuggel aufgeflogen ist und Frau Wegrostek sitzt, bin ich für niemand mehr gefährlich. Richtig Angst habe ich dabei nie gehabt, eigentlich habe ich nur Zorn empfunden, besonders bei dem Einbruch. Da entwickelt man Emotionen und Reaktionen, die man vorher nicht voraussagen kann."

„Du bist ein tapferer Mann."

„Tapfer glaube ich nicht, ich habe eher unüberlegt und instinktiv gehandelt."

„Gibt es irgendwelche Neuigkeiten?"

„Nicht dass ich wüsste. Frau Wegrostek ist eingesperrt, aber sie schweigt. Sicher war sie in die Geschäfte ihres Mannes eingeweiht. Da ich jetzt Ruhe habe, überlasse ich alles der Polizei. Sie werden die übrigen Zusammenhänge schon irgendwann aufklären. Ich arbeite viel und beschäftige mich, wie du siehst, auch mit zeitgenössischer Kunst. Aber sage mir, hast du Sorgen?"

„Nein, nein", ein etwas gequältes Lächeln erhellte für einen Moment ihr Gesicht.

„Ist etwas in deiner Ehe?"

„Mach dir keine Sorgen, es sind nur kleine Probleme, aber die haben wir ja alle."

„Sag einmal, arbeitete dieser Gustave noch immer für euch?"

Sie schien konsterniert zu sein.

„Natürlich", sagte sie. „Er ist sehr verlässlich. Warum fragst du?"

„Ich weiß nicht, der Bursche hatte doch auch mit den Wegrosteks zu tun."

„Aber nur wegen unserer Autos."

Das Thema schien ihr unangenehm zu sein. Dann sprachen wir über Golf und andere oberflächliche Dinge. Zum Schluss fragte sie mich: „Möchtest du, dass wir uns wieder einmal sehen?"

Dabei berührten sich unsere Knie unter dem Tisch. Ich zögerte mit einer Antwort.

„Darf ich darüber nachdenken?", fragte ich sie.

Sie legte ihre Hand auf meinen Arm und sah mir tief in die Augen. Nicht zum ersten Mal floss mir bei der Berührung durch ihre Hand Strom durch den Körper.

„Ich würde dich sehr gerne noch einmal treffen. Ich denke oft an unseren Tag in Budapest, es war sehr schön, wir haben so wunderbar harmoniert."

„Mir geht es genauso."

Dabei verschwieg ich, dass ich jedes Mal, wenn ich daran dachte, ein schlechtes Gewissen wegen Julia hatte. Ich drückte ihre Hand.

„Wir bleiben in Verbindung, versprochen?"

„Versprochen", versicherte sie mir und gab mir ihre Handynummer.

Wir verabschiedeten uns und trennten uns vor dem Lokal. Ich ging nachdenklich zu meinem Auto. Sollte ich sie wirklich noch einmal treffen? Nein, dachte ich mir. Das ist es nicht wert.

Im Konzert

Wie jedes Jahr im Herbst hatte auch die Konzertsaison begonnen. Julia und ich sind eifrige Konzertbesucher. Das Konzertleben ist in Graz wie auch in anderen österreichischen Städten von großer gesellschaftlicher Bedeutung. Manche Musikvereine existieren schon über 100 Jahre, der Grazer Musikverein ist so alt, dass selbst Franz Schubert hier Mitglied war. Der Stefaniensaal gibt einen noblen und würdigen Rahmen für große Konzerte ab. Konzertabonnements werden in den Familien weitervererbt und sind bei Scheidungen Streitobjekte. Nichtabonnenten erhalten Karten nur mit Beziehungen, kein Wunder, dass das Publikum ein Alter zwischen 60 und 80 Jahren hat. Erst seit es ein zweites Orchester, die recreation, gibt, ist es leichter, Karten zu bekommen. Dieses Orchester lockt mit seinem nicht so konventionellen Programm auch etwas jüngere Besucher an. Da Männer normalerweise vor den Frauen sterben und auch nicht so an Musik interessiert sind, überwiegen im Publikum die Frauen. Jugendliche findet man nur am Stehplatz. Für diese gibt es, warum eigentlich?, eigene Konzerte. Nur selten bringt ein mitgebrachtes Enkelkind etwas Farbe in das Schwarz und Weiß der Kulturabonnenten. 50-Jährige fühlen sich, wie in Abbano Therme, hier als Jünglinge. Wichtige Bürger der Stadt küssen die Hände der Damen, pensionierte Professoren grüßen sich agil, ergraute Geschäftsleute nicken sich zu, angereister Landadel wird kordial von Verwandten und Bekannten aus der

Stadt empfangen. Alte Damen eilen herein, frisch vom Friseur, die Familienperlen am Hals, und setzen sich auf ihren angestammten Sitz. Man kennt seine Nachbarn seit Jahrzehnten. Man grüßt nach vorne, auf die Seite und nach hinten, man ist unter sich.

Eine wichtige Person ist der Bruder des Dirigenten der styriarte. Nicht nur zu diesem Anlass, sondern auch bei anderen Konzerten steht er vorne in wichtiger Position, wird begrüßt und begrüßt alle möglichen bedeutenden Personen mit fein abgestimmter Höflichkeit. Der alte Bürgermeister ist ein ständiger Besucher, manchmal kommt auch der ehemalige Landesfürst mit Gemahlin. Wie es sich gehört, wird er ausgiebig hofiert. Vor ihm Gehende drehen sich um und begrüßen ihn mit dem unnachahmlichen österreichischen Gruß: „Grüß dich, Herr Landeshauptmann!" Damit werden zwei Dinge gezeigt, erstens, dass man mit ihm per Du ist, und zweitens, dass man ihm durch den Titel den gebührenden Respekt erweist. Es wäre unvorstellbar, dass man etwa „Servus, Pepi" sagen würde. Huldvoll unterhält er sich mit möglichst vielen Leuten.

Julia und ich haben auch einen Stammsitz, wir gehören natürlich noch zur Jugend.

Bei unserem ersten Konzertbesuch im September ermahnte mich Julia, nicht einzuschlafen, da sie sich dabei für mich immer geniert. Ich versprach es ihr treuherzig, nahm aber zur Sicherheit eine bequeme Position ein. Ich verschränke dabei meine Arme und ziehe mit diesen mein Sakko etwas höher, sodass es beim Einschlafen meinen Hals abstützt.

Es spielte das Grazer Symphonieorchester, aber als Dirigent war ein interessanter Gast angesagt, bei dem es sich wohl zusammenreißen würde. Auf dem Programm stand zur Einstimmung ein Haydn, dann gab es einen Strawinski – Ob das wohl sein muss?, werden sich die meisten gedacht haben – und zum Abschluss und zur Aussöhnung Mozart. Das Orchester erschien und wurde mit schwachem Applaus begrüßt, die Wiener Philharmoniker, sollten sie einmal bei uns spielen, erhalten mehr Applaus, dann kam der Dirigent, ausreichender Applaus. Er hob den Taktstock, das Tratschen und Räuspern wurde leiser, und es begann mit Haydn. Verzückt lauschte das Publikum den vertrauten Klängen, immer wieder störte Husten die leisen Passagen. Die Dame neben mir versuchte verzweifelt, durch das Husten anderer angeregt, ihren eigenen Reiz zu unterdrücken, dabei wurde sie ganz rot im Gesicht. Endlich war die Musik laut genug, und sie hustete fortissimo los. Ich war natürlich wie immer nach einem anstrengenden Tag müde und schlief beim Haydn ein, fiel in einen angenehmen Dämmerzustand, in dem sich Musik und Traum vermischten. Ein Rippenstoß von Julia riss mich aus meinen Träumen, der Haydn war zu Ende. Ich applaudierte, erfrischt vom Schlaf, eifrig mit. Der Strawinski kam als nächstes Stück. Eine weise Regie platziert das sogenannte moderne Stück, es ist bereits über 100 Jahre alt, immer zwischen zwei Klassiker. Ist es einmal andersrum, und der Moderne wird im zweiten Teil des Konzertes gespielt, so kann man damit rechnen, dass 20 Prozent der Leute nach der Pause heimgehen. Schrille atonale Klänge mit erfrischenden Dissonanzen spülten die Haydnklänge weg wie ein Bier den Geschmack einer zu süßen Mehlspeise. Bei diesem lauten Stück hatten die Huster keine Probleme mehr, sie husteten ungeniert, wann immer es ihnen danach war.

In der Pause promenierten wir mit Freunden auf und ab und tratschten über alles Mögliche. Auf der anderen Seite des Umgangs sah ich Herrn und Frau Bernini stehen, sie unterhielten sich mit einigen Landespolitikern. Er erblickte uns und winkte uns freundlich zu. Nachdem er sich von den Politikern verabschiedet hatte, wollte er offenbar auf uns zusteuern. Susanna aber nahm ihn am Arm und zog ihn in eine andere Richtung.

Bald wurden wir wieder zum Konzert gebeten, und der Mozart nahm seinen Lauf. Jede Note und jede Nuance waren dem Publikum bekannt. Man hatte ihn unzählige Male gehört. Ich hatte ihn jedenfalls schon zu oft gehört, etwas Neueres wäre mir lieber gewesen. Wir haben schon ein merkwürdiges Kulturpublikum, nur das Gewohnte gefällt. Am Ende ertönte langsam einsetzender, immer stärker werdender Applaus. Schon nach dem ersten Dirigentenabgang standen einige auf, um ihr Taxi zu erreichen, im Alter hat man es immer eilig.

Beim Heimfahren sprachen wir über das Verhalten der Berninis beim Konzert. Julia fand es auch merkwürdig, dass Susanna ihren Gatten so offensichtlich in eine andere Richtung gesteuert hatte, als er auf uns zugehen wollte. War sie auf mich böse, weil ich mich nicht gerührt hatte? Ich dachte, dass es ihr nach der Budapester Geschichte einfach schwer falle, sich in unser aller Gegenwart normal zu benehmen und deshalb einem Zusammentreffen aus dem Weg gehen wollte.

Nach einer Woche Arbeit, bei der alles merkwürdig glatt verlief und ich mich nie aufregen musste, fuhr ich am späten Nachmittag nach Hause und bog in unseren Weg – Tempo 30 – ein. Da kam mir ein Porsche mit großer Geschwindigkeit entgegen. Für mich war es kein Problem, stehen zu bleiben, wohl aber für den Raser, denn anstatt leicht zu bremsen und vorbeizufahren, trat er erschrocken auf die Bremse und stellte sich fast quer zur Fahrbahn. Dabei krachte er mir in den Kühler. Ich verspürte den Aufprall, konnte ihn aber gut mit den Händen abfangen, unbeschädigt stieg ich aus. Ein weiß-haariger, etwa 60-jähriger Mann mit weinrotem Sakko schälte sich mühsam aus den niedrigen Sportsitzen und begann mich zu beschimpfen. Für mich war die rechtliche Situation eindeutig. Ich gab ihm keine Antwort, sondern nahm mein Handy und fotografierte wortlos beide Autos, seine Bremsspur und auch meine nicht vorhandene. Auf mein Fotografieren hin beruhigte er sich, und wir tauschten endlich, anstatt zu streiten, unsere Versicherungsdaten aus. Dann redete er dauernd von einem Mitverschulden meiner Person. Während wir diskutierten, kam ein Streifenwagen der Polizei vorbei, dem Kommissar Steinbeißer entstieg.

„Ja, Herr Doktor, wie schaut denn Ihr schöner Audi aus?", meinte er. Mit geschultem Polizistenblick erkannte er die Situation und gab seinem Fahrer die Anweisung, den Unfall aufzunehmen. Es war schon angenehm, einen Freund bei der Polizei zu haben. Herr Dr. Sepp U., Rechtsanwalt von Beruf, erkannte die Aussichtslosigkeit der Situation und ergab sich seinem Schicksal, indem er meinte, dass er doch die ganze Schuld auf sich nehmen werde. Er stieg in seinen ramponierten Schlitten und zischte ab.

Ich nahm den Commissario mit ins Haus. Julia schien sich darüber zu freuen, denn sie lud ihn zum Abendessen ein. Er nahm an und schickte seinen Fahrer weg. Steinbeißer erwies sich zu meinem Erstaunen als charmanter Plauderer, er kam bei meiner sonst sehr kritischen Dame gut an. Der Kerl jubelte ihr ein Kompliment nach dem anderen unter, ohne dass sie es zu merken schien. Er half auch bereitwillig beim Abräumen des Geschirrs.

Als sich Julia nach dem Essen kurz in die Küche zurückzog, kam er zur Sache.

„Ich habe Neuigkeiten. Wir haben nun wochenlang die Gespräche des Berninischen Büros abgehört und aufgezeichnet. Vor zwei Tagen kam ein Anruf in polnischer Sprache, den Frau Glückstein entgegennahm. Wir haben einige Mühe gehabt, einen Übersetzer zu finden. Der Anrufer beschwerte sich, dass er so lange nichts von ihr gehört habe. Frau Glückstein erklärte ihm eindringlich, dass die Route nicht mehr zur Verfügung stehen würde. Der Anrufer drohte ihr mit Maßnahmen und befahl ihr, die alte Route zu reaktivieren. Sie erklärte sich damit einverstanden. Er sagte ihr, durch den Zeitverlust seien zwei volle Ladungen zu transportieren."

„Was ist die alte Route?", fragte ich.

„Das wissen wir nicht", antwortete er. „Deswegen komme ich zu Ihnen. Fällt Ihnen dazu etwas ein?"

Ich dachte nach. Mir fiel nichts ein, der Tag war lange und anstrengend gewesen. Ich hatte operiert, hatte einen Unfall gehabt und dann noch eine halbe Flasche Wein getrunken, all das war meinem Denken hinderlich, ich versprach aber, mich anzustrengen.

Steinbeißer verabschiedete sich formvollendet von Julia, wobei er sich über ihre Hand beugte und diese Hand küsste.

„Du, dein Commissario ist gar nicht so übel", meinte Julia später, „er ist ein attraktiver Mann und hat Manieren, wie ich sie mir bei manchen deiner Kollegen wünschen würde."

Das war eine typische Bemerkung von ihr, sie hielt, abgesehen von meiner Person, von Ärzten nicht allzu viel.

Die alte Route

An diesem Abend schlief ich sofort ein, aber wie immer wenn ich ein Problem wälze, wachte ich mitten in der Nacht auf. Der Fall Wegrostek mit all seinen Akteuren ging mir wieder durch den Kopf. Die Sache schien kein Ende zu nehmen. Ich konnte nicht mehr einschlafen. Ich rotierte von rechts nach links, solange bis ich Julia aufgeweckt hatte.

„Ruhe", fauchte sie mich an.

Beleidigt verließ ich das Doppelbett und zog mich in das Gästezimmer zurück, aber auch dort wollte das Einschlafen nicht klappen. Endlich fiel ich in den Morgenstunden in einen Dämmerschlaf. Ich träumte, und plötzlich fiel mir ein, wie der alte Weg beschaffen sein könnte. Darüber beruhigt, fiel ich in tiefen Schlaf, bis mich Julia wachrüttelte.

„Du hast verschlafen, auf, auf", tönte es in mein Ohr.

Ich fuhr in die Höhe, sprang aus dem Bett und stolperte in die Küche, um mir ein Frühstück zuzubereiten. Es war nicht mein Tag, denn zuerst rannte ich mit meiner Schulter gegen die offene Speisekammertür, dann stieß ich beim Aufgießen des Wassers den vollen Kaffeefilter von der Kanne, sodass der Kaffeesud auf die heiße Herdplatte fiel und es zu stinken begann. Ich habe nämlich noch immer keine moderne Espressomaschine. Beim Aufwischen verbrannte ich mir die Hand, und während ich die Zeitung holte, ging die Milch über. Dann fiel mir ein, dass mein Auto zur Reparatur musste, dabei entfuhr mir ein mittlerer Tarzanschrei, der Jane in die verwüstete Küche brachte.

„Du bist hier nicht im Urwald", rief sie empört, „lass andere arme Menschen noch schlafen." Sie musste erst später in die Kanzlei.

Ich flehte sie an: „Du musst mich ins Spital fahren."

Da erst erkannte sie meinen Zustand und befahl mir, ruhig sitzen zu bleiben, damit ich nicht noch größeres Unheil anrichtete. Als der Kaffee meine Hirnwindungen einigermaßen erhellt hatte, fiel mir auch mein Traum wieder ein. Ich rief Steinbeißer an und teilte ihm meine Vermutungen mit.

„Da könnte etwas dran sein", meinte er.

Als ich mir beim Zuknöpfen meiner Schuhbänder meine Stirn an der Tischkante anstieß, meinte Julia, ich müsse ihr versprechen, heute nicht zu operieren, denn der arme Patient täte ihr leid. Sie setzte mich vor dem Spital ab und sah mir beunruhigt nach, und so musste sie mit ansehen, wie ich es nur mit Müh und Not vermeiden konnte, in einen Krankentransport zu laufen. Es geht mir leider manchmal so, wenn ich eine schlaflose Nacht hinter mir habe. Schließlich musste ich an diesem Morgen doch noch operieren. Wie immer ging es ausgezeichnet, obwohl ich einem ungeschickten Assistenten einen Schnitt in den Finger zufügte.

Zu Mittag war ich schon ganz der Alte, bei der Visite deckte ich einige Schlampereien auf, über die ich mich in gewählten Worten verbreitete. Meinem schüchternen Assistenten fiel darauf keine Antwort ein. Die Oberschwester hatte sich wieder einmal ungebührlich in unseren Betrieb eingemischt, und es gelang mir, sie mit treffenden Worten in die Schranken zu weisen. Mit dem angenehmen Gefühl, es wieder einmal allen gezeigt zu haben, ging ich in mein Büro.

Ich setzte meine Sekretärin Simone, die durch ihre Intelligenz und Neugierde für den Detektivberuf wie geschaffen ist, von meinen Vermutungen über die alte Route in Kenntnis. Meiner Meinung nach war mit dem alten Weg nichts anderes gemeint als der Menschenschmuggel durch die Fernlaster der Firma East Sped. Die Frage war nur: Wo wurde die menschliche Fracht umgeschlagen? Es musste irgendwo in einer Halle geschehen, wo man die Asylanten ungesehen in kleinere Fahrzeuge umladen konnte. Simone versprach mir, auf eigene Faust Ermittlungen anzustellen, sie habe einen Bekannten, der im Speditionsgeschäft tätig sei. Mit dem Gefühl, eine Arbeit in die richtigen Hände gelegt zu haben, fuhr ich auf den Golfplatz, denn trotz meines unausgeschlafenen Zustandes wollte ich den kleinen weißen Bällen nachjagen. Sie flogen heute ganz außerordentlich gut. Bei den neun Löchern, die ich noch anhängte, spielte ich drei Par. Das ist das Merkwürdige an diesem Sport: Man ist topfit und spielt schlecht, und das nächste Mal hat man einen Hangover und spielt wie ein Gott.

Am nächsten Morgen begrüßte mich Simone mit strahlendem Lächeln: „Ich glaube, ich weiß, wo der Umschlagplatz ist."

Sie hatte mir ihrem Freund gesprochen, der schon verschiedentlich Geschäfte mit der East Sped gemacht hatte. Er kannte die meisten Firmenstandorte persönlich und hatte gemeint, dass am ehesten ein Gelände in Frage käme, das direkt neben der Autobahn in der Nähe von Graz liege. Dort gab es einen eingezäunten Abstellplatz für die Transporter, eine Halle und mehrere Schuppen, ein größeres Büro gäbe es dort nicht, es sei aber Tag und Nacht ein Wächter anwesend. Am großen zentralen Verlade- und Parkplatz der Firma in der Stadt wäre es völlig unmöglich, unbemerkt Menschen umzuladen. Dieser kleinere Platz läge auf der Laßnitzhöhe. Das klang alles sehr plausibel.

Ich rief sofort Steinbeißer an und sagte ihm, er dürfte dreimal raten, wo sich der Umschlagplatz befände.

Er antwortete lakonisch: „Laßnitzhöhe."

Ich war etwas enttäuscht, hören zu müssen, dass die Polizei genauso gut ermittelt hatte wie meine Sekretärin. Der Commissario teilte mir weiters mit, dass auch der Termin des nächsten Transportes schon feststehe, man habe ein Fax abfangen können, in dem angekündigt werde, dass der Transport am kommenden Samstag stattfinden werde.

Das Fax war aus Krakau gekommen, ebenso wie der Telefonanruf. Zu meiner Überraschung lud er mich ein, als Beobachter an der Polizeiaktion teilzunehmen. Er werde dafür Sorge tragen, dass ich alles aus nächster Nähe sehen könnte, ohne dabei in Gefahr zu geraten. Ich sagte gerne zu und bedankte mich, denn das konnte ich mir nicht entgehen lassen. Wer hat schon die Gelegenheit, die Polizei live bei einem Großeinsatz zu beobachten?

Der Transport

An diesem Samstag wurde die Grazer Herbstmesse eröffnet, und wie fast jedes Jahr setzte leichter Regen ein.
Ein kalter Wind fegte über den Schöckel und blies die
ersten Blätter von den Bäumen. Na, das konnte eine fei-
ne Nacht werden, vorsichtshalber zog ich mich warm an
und überlegte noch, ob ich mich auch bewaffnen sollte,
ließ es aber dann sein. Am späten Nachmittag holte mich
ein Mitarbeiter von Steinbeißer ab. Es war jener nette
Polizist, der uns im Sommer einige Wochen lang be-
schützt hatte. Bei diesem kräftigen jungen Mann fühlte
ich mich absolut sicher. Wir erreichten Laßnitzhöhe noch
in der Dämmerung. Mein Fahrer parkte seinen Wagen in
einer Einfahrt neben der lokalen Raiffeisenbank. Wie alle
Bauten von Raiffeisen ist auch dieses Institut von erlesener
Hässlichkeit. Betonbarock schändet die alte Bausubstanz,
und die zitronengelbe Färbelung tut ihr Übriges dazu.
Soviel Hässlichkeit kann nicht durch Zufall entstehen,
dahinter liegt Methode. Während wir so im Auto saßen
und auf die kommenden Ereignisse warteten, fielen mir
weitere bauliche Schöpfungen von Raiffeisen ein, wie der
neue Steirerhof in Graz, ein Einkaufszentrum. Grazer
unter den Lesern wissen, was ich meine, Nicht-Grazern
muss ich es erklären. Die Baulücke, die durch den Abriss
eines in das Ensemble passenden Hotels entstanden war,
wurde durch einen unglaublichen Neubau gefüllt. Gegen
die Bauordnung ragt eine Art Maschinenhalle zu hoch
und toll gestrichen aus den übrigen Gebäuden heraus

wie ein ungeheurer Goldzahn aus einem sonst normalen Gebiss. Es sieht wie ein Legohaus aus, kein Wunder, dass es so tatsächlich auch scherzhaft genannt wird. Die Grazer bedanken sich für dieses Einkaufszentrum auf ihre Art, und zwar indem sie dort nicht allzu oft einkaufen gehen. Das Restaurant am Dach des Gebäudes wechselt auch dauernd die Pächter. Gleichsam als Symmetrie zu dieser Scheußlichkeit wurde der benachbarte Jakominiplatz umgebaut. Hier errichtete man um viele Millionen Schilling, nachdem einige Bäume abrasiert wurden, einen Wald von gelben Masten. Beides passt zwar nicht zu Graz, aber gut zusammen. Stolz darauf sind nur der alte Bürgermeister, der Architekt und die damit betrauten Baufirmen. Zwischen den gelben Stingeln fahren nun die in allen Farben gestrichenen Straßenbahnen, es so bunt, dass man Kopfweh davon kriegen könnte.

Diese und ähnliche Gedanken gingen mir durch den Kopf, während wir im Auto saßen. Das Nieseln nahm zu und von Zeit zu Zeit betätigte mein Beschützer die Scheibenwischer und sprach einige Worte in sein Funkgerät. Wir konnten die Einfahrt des Abstellplatzes aus der Ferne beobachten. Obwohl außer uns niemand zu sehen war, schien, dem Funkverkehr nach, der ganze Ort mit Polizei besetzt zu sein. Trotz der Kälte wurde ich müde und begann einzunicken, da stieß mich mein Begleiter an. Es tat sich was. Richtig, zwei VW-Transporter mit der Aufschrift East Sped fuhren an uns vorbei und auf den Abstellplatz zu. Ein Mann stieg aus und schloss die Zufahrt und das Hallentor auf. Beide Wagen verschwanden in der Halle, durch deren Oberlicht nun schwaches Licht schimmerte. Plötzlich begann es im Funkgerät zu krachen.

„Achtung an alle, ein Lkw ist von der Autobahn abgebogen." Langsam kroch ein riesiger Fernlaster mit der Aufschrift East Sped die Straße herauf und blieb vor der Einfahrt stehen, hupte dreimal. Ein Mann kam aus der Halle und öffnete die Tore. Der Lastzug fuhr in die Halle, die Tore wurden verschlossen, alles lag wieder im Dunkeln. Die Mäuse saßen in der Falle. Über das Funkgerät hörte ich Einsatzbefehle, und plötzlich tauchten von überall her Männer auf. Wir verließen unseren Standort und blockierten mit unserem Wagen die Straße. Um besser sehen zu können, stiegen wir aus. Scheinwerfer wurden auf die Halle gerichtet, ein Lautsprecher verkündete: „Hier spricht die Polizei, verlassen Sie sofort die Halle und halten Sie die Hände über dem Kopf."

Das Tor öffnete sich einen kleinen Spalt, einer der Männer streckte den Kopf heraus, geblendet von den Scheinwerfern zog er diesen schnell wieder zurück. Der Lautsprecher wiederholte seine Aufforderung. Nach einigen Minuten ging das Tor abermals auf, und eine Reihe von Menschen kam mit erhobenen Armen heraus, kleine, magere, dunkelhäutige Männer und Frauen. Während die Polizei die verängstigten Flüchtlinge in Empfang nahm, hörte man plötzlich Schüsse. Aus einem der Seitenausgänge versuchten einige Männer zu fliehen. Wer zu schießen begonnen hatte, war unklar. Die Kerle hatten hinter einem Container Deckung genommen. Die Polizei deckte sie mit einem Kugelhagel ein. Ich duckte mich hinter unser Auto, denn ich hatte keine Lust, einen Querschläger einzufangen. Geschossen wurde wie in einem amerikanischen Film. Die Situation der bösen Buben war aussichtslos. Nach einer weiteren Aufforderung sahen sie das ebenfalls ein, warfen ihre Waffen weg und kamen einzeln mit erhobenen Armen hervor. Gott sei Dank war niemand verletzt. Fünf der sechs Männer waren mir unbekannt, der letzte war niemand anderer als mein Freund Gustave.

Endlich hatte es diesen Schurken erwischt. Nun gab es kein Leugnen mehr, er war auf frischer Tat ertappt worden, en flagrant délit. Ich trat etwas näher, um besser sehen zu können, man versorgte alle mit Handschellen.

Plötzlich entstand ein Getümmel, Leute schrien auf, und aus einem Haufen ineinander verkeilter Menschen löste sich der riesige Gustave und rannte im Zickzack die Straße entlang direkt auf uns zu. An einer Hand baumelte eine Handschelle. Mein Begleiter, dessen Aufgabe es war, die Straße abzusichern, zog seine Dienstwaffe, richtete sie auf Gustave und rief ihm zu, stehen zu bleiben. Gustave sah schrecklich aus, das Gesicht wutverzerrt, die Zähne gefletscht, er ignorierte die Warnung und brauste heran, die reinste Kampfmaschine.

Der erste Schuss verfehlte sein Ziel, die Beine, und dann war der Expresszug schon da und fuhr über den nicht schwachen Polizisten. Ein zweiter Schuss löste sich noch, aber der arme Kerl flog in weitem Bogen nach hinten und schlug schwer auf dem Asphalt auf. Ich hatte keine Lust, den Helden zu spielen und tauchte blitzartig seitlich weg. Gustave rannte zu unserem Auto, stieg ein, startete und raste mit durchdrehenden Reifen weg, mein Beschützer hatte leider den Schlüssel stecken gelassen. Zwei Streifenwagen der Polizei nahmen mit Blaulicht die Verfolgung auf. Ich lief zu meinem bedauernswerten Polizisten und legte ihn auf die Seite. Er hatte eine böse aussehende Rissquetschwunde am Hinterkopf, war benommen und hielt sich den Unterkiefer. Ich betastete diesen und spürte die Stufe einer Fraktur. Steinbeißer kam hergelaufen und beugte sich ebenfalls über den Verletzten, er sah äußerst wütend aus. Ich beruhigte ihn: „Er hat eine Rissquetschwunde und einen Kieferbruch, ich glaube nicht, dass er eine schwere Gehirnerschütterung hat."

„Das wird mir der Flaubert noch büßen, den Kerl werden wir bald haben", stieß er zwischen den zusammengebissenen Zähnen hervor.

Ich war mir dessen nicht so sicher, da ich den Rambofilm gesehen hatte. Rambo verteidigt sich gegen eine ganze Armee von Polizisten – äußerst erfolgreich und ganz allein, wobei Sylvester Stallone gegen Gustave ein harmloses Bürschchen zu sein schien, denn er hatte kein Überlebenstraining genossen, so wie Gustave es in der Legion absolviert hatte, ihn würden sie nicht so leicht erwischen.

Sonst aber hatte die Polizei einen guten Fang gemacht. Zwei der Festgenommenen waren Angestellte der Firma Bernini, die drei anderen waren Männer aus dem Osten, zwei von ihnen gefährlich aussehende, unrasierte Burschen in Jeans, der Dritte war etwas Besseres. Er hatte ein gepflegtes Äußeres, trug einen Kamelhaarmantel und am Handgelenk eine Rolex. Von der großen eleganten Ledertasche voll mit Geld und Papieren gar nicht zu reden. Auf Englisch verlangte er einen Anwalt. Er war offenbar aus der oberen Etage der Bande.

Wie schon so oft in der letzten Zeit fuhr mich auch heute Steinbeißer nach Hause.

Ich meinte: „Damit ist wohl alles ausgestanden, die Glückstein können Sie jetzt verhaften, und einen wichtigen Mafioso haben Sie auch. Vielleicht nimmt die polnische Polizei noch einige Komplizen fest."

Er nickte zustimmend: „Herr Doktor, die Zusammenarbeit mit Ihnen war mir ein Vergnügen. Nach den anfänglichen Missverständnissen haben Sie uns wirklich sehr geholfen. Wenn Sie in Zukunft etwas brauchen, so lassen Sie es mich doch wissen."

Dessen war ich mir sicher.

Ich antwortete ihm: „Es war sehr spannend und aufregend, fast so wie bei einer schweren Operation, aber ich habe es eigentlich genossen."

Ich schüttelte ihm die Hand. Alles war vorbei, die Drohungen, die Nachforschungen, die Angst, aber auch eine gewisse prickelnde Spannung, die mir durchaus gefallen hatte. Gustave würde entweder erwischt werden oder sich ins Ausland absetzen, ich glaubte an das Letztere, aber zumindest würde ich von nun an meine Ruhe haben.

Gefahr am zehnten Loch

Mein Leben verlief wieder in seinen normalen Bahnen. Einige Wochenenden verbrachte ich auf Tagungen, und im Spital hatten wir alle Hände voll zu tun. Die Geschichte war wie vorausgesagt zu Ende. Die Glückstein wurde verhaftet und legte ein Geständnis ab, was dazu führte, dass auch noch ein weiterer Fahrer der Firma verhaftet wurde. Die Ostler waren gesuchte Verbrecher und würden nach Verbüßung der Strafen für Menschenhandel abgeschoben werden. Der polnischen Polizei gelang es allerdings nicht, auch noch andere Bandenmitglieder festzunehmen.

Den Zeitungen erschienen bald andere Ereignisse wichtiger als unser Kriminalfall, denn die Politiker bewarfen sich in einem sogenannten heißen Herbst mit noch mehr Schmutz als bisher. Ich habe es bis jetzt vermieden, etwas über Politik zu sagen. Politik ist für alle Menschen zum täglichen Ärgernis geworden. Nur mehr auf Selbsterhalt bedacht, schiebt sie notwendige Entscheidungen vor sich her. Realitäten werden verleugnet, erhobene Daten, die nicht ins Konzept passen, werden nicht veröffentlicht. Mir fällt so vieles ein, dass ich mit dem Platz hier nicht auskäme.

Auch abseits der Politik geschehen so viele Dinge, über die man sich ärgern kann, sodass man fast jeden Tag geneigt wäre, einen Leserbrief zu schreiben. Betrog früher ein Mensch andere Menschen, so wurde er – neben einer Strafe – auch gesellschaftlich geächtet. Heute sucht man den Umgang mit Menschen, von denen man weiß, dass ihr Geld von Gaunereien stammt. Heute ist man der Manager des Jahres, und morgen steht man vor Gericht. Heute erteilt man als Industrieller der Regierung weise Ratschläge, morgen bricht das eigene Imperium wie ein Kartenhaus zusammen. Es wäre alles nicht so schlimm, wenn dabei nicht unzählige Arbeitnehmer ihren Arbeitsplatz verlieren würden. Kurz gesagt erlangte der Fall Wegrostek durch die vielen anderen Skandale nicht mehr die volle Aufmerksamkeit der Medien.

Der Mord an Wegrostek wurde von Frau Glückstein Gustave angelastet, der unauffindbar blieb. Als Motiv wurde angenommen, dass Wegrostek – nach der Sanierung seiner Finanzen – aus der Sache aussteigen wollte. Die Glückstein behauptete, er habe gedroht, alle anzuzeigen und alles auffliegen zu lassen, darauf wäre der Befehl zum Mord aus dem Osten gekommen. Sie sagte aus, dass sie Gustave psychisch und sexuell völlig hörig gewesen sei. Seine Bekanntschaft habe sie in Frankreich gemacht, und er hätte sie gezwungen, den Menschenschmuggel aufzuziehen. Den vor einer Pleite stehenden Autohändler Wegrostek hätte Gustave zufällig kennengelernt, als ein Wagen der Firma Bernini in seiner Werkstatt repariert worden war. Er musste von dessen finanziellen Schwierigkeiten erfahren haben und hatte ihm vorgeschlagen, gestohlene Autos umzuspritzen und in den Osten abzusetzen. Als er erfahren hatte, dass Frau Wegrostek ein Haus an der Grenze besaß, hatte er dessen Möglichkeiten erkannt. Wegrostek war das reichlich fließende Geld zwar angenehm gewesen, aber er hatte wahrscheinlich wegen des zunehmenden Menschenschmuggels

Angst bekommen, entdeckt zu werden. Vermutlich waren auch Waffen über die Grenze gelangt.

Zu Allerheiligen goss es in Strömen, aber es war noch immer relativ warm. In unserem Golfclub waren ausnahmsweise die Sommergrüns noch immer offen, und ich versuchte, noch vor Einkehr des Winters ein paarmal zu spielen. Leider wurde es schon früh finster, und man schaffte kaum mehr eine ganze Runde.

An einem trüben Nachmittag im November fuhr ich wieder einmal auf den Golfplatz. Weit und breit war kein Mensch zu sehen. Am Parkplatz standen nur wenige Autos, und ich war gezwungen, allein zu spielen. Wahrscheinlich würde es das letzte Mal in diesem Jahr sein, denn jeden Tag konnte es frieren oder der erste Schnee fallen.

Ich spielte an diesem Tag hervorragend. Schade, dass Peter nicht da war, denn heute hätte er keine Chance gehabt. Am neunten Loch hatte ich plötzlich das Gefühl, als ob jemand in der Nähe wäre. Ich schaute mich um, niemand war zu sehen. Ich entschloss mich, trotz zunehmender Dämmerung noch vier Löcher zu gehen. Unser zehntes Loch ist ein langes schönes Par 5, das sich entlang der Straße erstreckt, von der es durch eine dichte Hecke getrennt ist, in der jährlich Hunderte von Golfbällen verschwinden. Heute verlor ich keinen Ball, mein Schwung war perfekt, ich traf gut und lag immer in Fairway-Mitte. Ich schlug so weit, dass ich mit dem dritten Schlag nicht nur am Grün landete, sondern der Ball vom Grün noch hinten zu den Büschen rollte. Ich stellte meinen Golfbag am Rande des Grüns ab, nahm ein Pitching Wedge, um den Ball auf das Grün zu chippen. Während ich Probeschwünge machte, um die richtige Abstimmung zu haben, hörte ich im Gebüsch ein Rascheln. Ich fuhr herum und stand Gustave gegenüber. Er kam langsam näher. In seiner herabhängenden linken Hand hielt er ein Messer.

Er grinste mich an und sagte: „Mon ami, j'aurai ta peau." Dieser Erklärung hätte es nicht bedurft, denn die Mordlust war an seinem Gesicht abzulesen. Er kam langsam auf mich zu. Ich hielt mein Wedge vor mich hin und begann, mich Richtung Fahne auf das Grün zurückzuziehen, er folgte mir ebenso langsam. Als er das Grün betrat, fuhr mir ein irrer Gedanke durch den Kopf: Ohne Golfschuhe darf er das doch gar nicht, aber Gustave fehlte jegliche Kenntnis der Golfetikette. Er grinste satanisch und hob seine Hand mit dem Messer.

„Revanche, mon ami, revanche pour tout." Dabei bewegte er das Messer hin und her. Ich fixierte die Hand mit totaler Konzentration und dachte mir, so leicht kriegst du mich nicht wie den dicken Wegrostek. Wir standen etwa zwei Meter voneinander entfernt und umkreisten uns in einem Danse Macabre. Plötzlich raschelte es hinter ihm im Gebüsch, und ein Reh brach hervor. Gustave drehte überrascht seinen Kopf, um einer etwaigen Gefahr zu begegnen. Das war meine Chance. Ich führte mit dem erhobenen Wedge einen Schlag mit ganzer Kraft gegen seinen Kopf. Instinktiv fühlte er den Schläger kommen und brachte noch seine Hand in die Höhe. Der Schlag traf die Hand mit einem hässlichen krachenden Geräusch, wobei das Messer in weitem Bogen wegflog. Die Hand stand in einem unnatürlichen Winkel vom Unterarm ab, aus einer Wunde spritzte Blut. Er schrie auf, wie ein verwundetes Tier. Ich überlegte keine Sekunde, drehte mich um und rannte in gestrecktem Galopp mit dem Schläger in der Hand in Richtung Clubhaus, dieser Mensch war mir auch noch als Verletzter zu gefährlich, meinen Golfbag ließ ich stehen. Im Laufen drehte ich mich um und sah, wie er das Gebüsch durchbrach, um auf die Straße zu gelangen. Kurz darauf hörte man einen Motor aufheulen.

Ich stürzte ins Clubhaus, rannte zum Telefon und wie rasend wählte ich Steinbeißers Nummer, die ich schon bald besser kannte als meine eigene. Gott sei Dank hatte er sein Handy eingeschaltet. Ich stammelte atemlos meine Geschichte hinein, er versprach mir, sofort zu kommen und eine Großfahndung einzuleiten. Ich wischte mir den Schweiß von der Stirn. Die Wirtin und zwei anwesende Clubfreunde hatten bei meinem Telefonat entsetzt zugehört. Ich bat sie, mich bis zum zehnten Loch zu begleiten, da ich meine teuren Golfsachen nicht über Nacht dort stehen lassen wollte. Beide lehnten ab und meinten, ich würde wohl noch auf die Polizei warten können. Die Wirtin stellte mir wortlos ein großes Bier hin, das ich in großen Schlucken leerte. Das gute Gösser beruhigte mich, mein Puls normalisierte sich, und der Blutdruck sank auf normale Werte. Etwa 20 Minuten später traf ein Streifenwagen der Polizei mit zwei Beamten ein. Wir fuhren in der Dämmerung mit dem Auto zum zehnten Loch, dort lag neben der Fahne Gustaves Messer. Die

Beamten packten es in einen Plastiksack, machten noch einige Fotos und fuhren zum Clubhaus zurück. Ich nahm meinen Golfbag und folgte ihnen zu Fuß. Als ich dort eintraf, war Freund Steinbeißer schon eingelangt.

Er sagte mir strahlend: „Diesmal haben wir ihn, er hat einen Unfall gehabt."

Nur wenige Kilometer vom Golfclub entfernt war Gustave von der Straße abgekommen und in den Straßengraben gefahren. Dort hatte man ihn bewusstlos gefunden, er hatte viel Blut verloren. Seine linke Hand war mit einer Krawatte umwickelt gewesen. Der Golfschläger hatte nicht nur seinen Knochen gebrochen, sondern auch eine Arterie eröffnet. Ich besitze ein erstklassiges Wedge, und mein Schlag war voll durchgezogen gewesen.

Jetzt war der Fall wohl vollständig abgeschlossen, da der letzte Schurke und wahrscheinliche Kopf der Bande hinter Schloss und Riegel saß. Ich hatte bei der ganzen Geschichte unglaubliches Glück gehabt.

Der formale Abschluss der Causa Wegrostek-Flaubert fand im Hause Bernini statt. Sie wohnten in einer alten Villa in der Schubertstraße. Herr Bernini hatte die Freundlichkeit, den Polizeipräsidenten, den Kommissar, Julia und mich einzuladen, und wir hatten gerne zugesagt. Julia hatte ein raffiniertes grünes Kleid gewählt, und ich sah in meinem dunkelgrauen Flanellanzug ebenfalls repräsentabel aus. Ein in Schwarz gekleidetes Dienstmädchen mit weißer Schürze öffnete die Tür und nahm unsere Mäntel in Empfang. Sie geleitete uns durch mehrere prachtvoll eingerichtete Räume in den Salon, in dem uns die Gastgeber überaus herzlich begrüßten. Der Polizeipräsident und der Commissario mit ihren Frauen waren bereits anwesend. Bei Sekt und kleinen Leckerbissen entwickelten sich bald angeregte Gespräche, an denen ich mich aber kaum beteiligte. Frau Steinbeißer, eine hübsche, sportliche Frau, sprach lebhaft mit Julia, sie unterhielten sich über Tennis. Der Kommissar sprach mit der Frau seines Vorgesetzten, einer sympathischen Dame, über Italien, und der Präsident und Herr Bernini unterhielten sich über den Golfclub. Susanna war in Richtung Küche verschwunden, sie wirkte überaus nervös. Sie hatte mich mit einem besonders innigen Händedruck begrüßt, vielleicht hatte mich das so schweigsam gemacht. Schließlich stellte ich mich zu den beiden Herren und lauschte ihren Golfgesprächen, obwohl ich Golfgespräche nicht leiden kann. Ich spiele zwar gerne, aber Golf ist für mich außerhalb des Platzes kaum ein Gesprächsthema. Wenn man bei einer Einladung das Pech hat, Golfer und Nichtgolfer zusammenzubringen, kann man den Abend vergessen. Meist beginnen die Nichtgolfer darüber zu sprechen. Sie schimpfen ziemlich aggressiv über diesen Nichtsport und behaupten, sie würden ihn erst dann ausüben, wenn sie für einen richtigen Sport zu alt und zu gebrechlich wären. Die Golfer hingegen wollen sie unbedingt von der Herrlichkeit dieses Sportes überzeugen, was ihnen nie gelingt, meist wenden sie sich dann ab und beginnen mit dem zweiten eingeladenen Golfehepaar eine nicht enden wollende Konversation über Golfplätze, auf denen sie schon gespielt hatten. Ich fürchtete schon, dass der Abend einen solchen Verlauf nehmen würde.

Die Gastgeberin bat uns zu Tisch, und wir nahmen an der exquisit gedeckten Tafel Platz. Das Porzellan war so schön, dass ich gern den Teller umgedreht hätte, um zu sehen, welcher Provenienz es war. Das Dienstmädchen servierte ein göttliches Essen. Wie angenehm ist es doch, in einer kultivierten Umgebung zu speisen. Zu meiner Freude wandte sich das Gespräch vom Sport ab und der Wirtschaft und Politik zu. Gott sei Dank gab es keine wesentlichen Diskrepanzen, denn in diesem Fall wäre der Abend ein Fiasko geworden. Über zwei nicht steirische Landeshauptleute und deren Reformunwilligkeit waren sich ohnedies alle einig. Über die Globalisierung ging es dann weiter. Ich meinte dazu, wenn die Hochzeiten unter den großen Konzernen so weitergehen, gäbe es zuletzt nur mehr eine einzige Firma. Herr Bernini beruhigte mich, das würden die Kartellbehörden nicht erlauben. Ich war mir da nicht so sicher. Ich sehe in der EU nur ein Gutes, nämlich dass die europäischen Länder, die in den vergangenen Jahrhunderten Kriege gegeneinander geführt hatten, nun gemeinsam wirtschaftliche Interessen haben und in Frieden leben. Ob sie sich jemals zu einem Staat zusammenfinden werden, scheint mir mehr als fraglich. Für die Konzerne ist es in der EU einfacher geworden. Früher mussten sie in Europa bei verschiedenen Regierungen ihren Willen durchsetzen und Leute bestechen, heute benötigen sie nur mehr eine einzige Lobby, die in Brüssel.

Herr Bernini erzählte vom Aufbau seiner Firma, die er von einem mittleren Bauunternehmen zu einem börsennotierten Konzern gemacht hatte. Er schilderte uns die erfolgreiche Expansion in den Osten und dass Susanna, die damals noch seine Mitarbeiterin gewesen war, ihm tatkräftig dabei geholfen habe.

„Man sieht ihr nicht an, dass sie eine beinharte Geschäftsfrau sein kann", sagte er liebevoll.

Susanna schien seine Bemerkung peinlich zu sein. Er erzählte uns von seiner Niederlassung in Budapest und wie viel Miete er dort für sein Büro zahlen müsse.

„Die sind zwar Halsabschneider", meinte er, „aber ich mag die Ungarn und bin gerne in Budapest. Leider habe ich heuer noch keine Zeit gehabt, um einige Tage dort zu verbringen."

Zu meiner und Susannas Erleichterung wurde das Dessert serviert, und die Konversation wendete sich von Budapest weg dem Kriminalfall zu, den die beiden Polizisten nur wortkarg kommentierten. Julia wollte wissen, welche Beweise vorlagen. Sie interessierte sich natürlich auch dafür, mit welchen Strafen die Täter zu rechnen hätten. Der Präsident meinte, die Glückstein plädiere auf Nötigung und wolle mit dem Mord nichts zu tun gehabt haben, sie werde höchstens drei bis fünf Jahre bekommen, sie habe sich den besten Strafverteidiger genommen. Gustave hingegen könnte lebenslänglich ausfassen, obwohl er den Mord noch immer abstreite. Man werde gegen ihn einen Indizienprozess führen müssen. Der Mordversuch an mir und die Attacke gegen den Polizisten seien bewiesen. Das Messer werde als Beweismittel eine wichtige Rolle spielen. Die Burschen aus dem Osten würden alle nach Verbüßung ihrer Strafe an die Länder ausgeliefert werden, in denen sie gesucht waren. Die polnische

Polizei war mit ihren Ermittlungen weiterhin erfolglos geblieben, wahrscheinlich waren weitere Hintermänner zu einflussreich, um verhaftet zu werden.

Bei dieser Erklärung seufzte Herr Bernini, mit Polen hatte er einschlägige Erfahrungen. Susanna hatte sich kaum an der Unterhaltung beteiligt, sie wirkte irgendwie angespannt, erst als das Gespräch auf die Kunst kam, wurde sie lockerer und beteiligte sich lebhaft. Wir sprachen über das Grazer Konzertleben, seine bronchitischen Besucher und über die heurigen guten Opernpremieren, endlich waren die deutschen Regisseure abgezogen, die das Publikum in Scharen aus den Vorstellungen vertrieben hatten.

Der Herr Konsul und ich waren uns einig, dass das Kunsthaus in Graz funktionell und aussehensmäßig eine Katastrophe sei. Er beklagte die Plastikblase, die sich wie der Hinterteil einer Wespe ausnehme. Es wäre auch die Ausstellungsfläche zu klein, alles sei zu finster. Über die ursprüngliche Idee, das Kunsthaus in den Schloßberg zu bauen, regte er sich noch nachträglich auf.

„Diese Idioten wollten die Altstadt und den Schloßberg zerstören, nur um eine Attraktion zu haben und sich darin zu verewigen. Wahrscheinlich hätten sie den Hundertwasser mit dem Projekt betraut, wenn der noch lebte. Da wäre ganz Österreich gekommen, um sich das anzuschauen."

Auch über die Kunst-Murinsel geriet er in Wut: „Da haben sie kein Geld und bauen etwas völlig Unnötiges."

Die Murinsel rostet derzeit ohne Funktion vor sich hin. Keinem Pächter war es bisher gelungen, das Kaffeehaus erfolgreich zu führen. Den zur Zeit der Kulturhauptstadt Europas ebenfalls installierten Uhrturmschatten hatte man glücklicherweise an ein Shoppingzentrum verkaufen können. Dort passt er hervorragend hin.

Bernini äußerte sich auch sarkastisch über den Schund, der derzeit als Kunst produziert werde. Ich bin zwar nicht ganz so konservativ wie er, aber ich musste ihm in manchen Dingen recht geben, denn als einer der wenigen Besucher von Ausstellungen zeitgenössischer Kunstartikulation komme ich selten auf meine Rechnung. Ich kann nichts dafür, aber ich liebe Bilder nun einmal und kann den Bestrebungen, die Malerei abzuschaffen, nichts abgewinnen. Ich glaube fest daran, dass solche Tendenzen von solchen Leuten ausgehen, die selbst gerne malen würden, aber es nicht können, daher rührt ihre Feindschaft zur Malerei.

Anschließend zeigte mir der Herr Konsul seine Sammlung, von der ich wirklich beeindruckt war. Er besaß alles, was die österreichische klassische Moderne so bot. Klimt, Schiele, Kokoschka, Walde, Gerstl, Boeckl, Wickenburg, Thöny und Faistauer. Daneben gab es noch kleinere Arbeiten von Picasso, Matisse, Beckmann und Hartung. Ein unerreichbarer Traum für einen kleinen Sammler wie ich es bin. Eine solche Sammlung hätte ich in Graz nicht vermutet. Ich bestaunte alles gebührlich und empfahl ihm, sich mit seinem exzellenten Geschmack auch der zeitgenössischen Malerei zuzuwenden. Rainer, Hollegha, Prachensky, Brandl und Anzinger von heute sind die Schieles von morgen. Er meinte, dass er es schon versuchen wolle, er tue sich bei der Abstraktion aber so schwer. Wir verabschiedeten uns von unseren Gastgebern sehr herzlich, es war ein schöner Abend gewesen. Als ich Susannas Hand küsste, verspürte ich, Gott sei Dank, keinen elektrischen Funken mehr.

Während wir nach Hause fuhren, griff mir Julia in den Nacken und zerzauste mir die Haare.

„Du, ich habe eine Neuigkeit für dich. Ich kann dich unmöglich allein einem Milieu aussetzen, in dem es von attraktiven Frauen nur so wimmelt, ich werde auch mit dem Golfspielen anfangen."

Ich gab ihr begeistert einen Kuss, was zu einem Schlenkern des Autos führte.

Damit war die Geschichte eigentlich zu Ende und ich hätte mich mit voller Konzentration meinem wahrlich konsumierenden Beruf widmen können, aber ich hatte das Gefühl, die Sache sei noch immer nicht abgeschlossen. Irgendetwas irritierte mich noch, daher beschloss ich, meinen Kommissar noch einmal anzurufen. Er war überrascht, von mir zu hören.

„Herr Doktor, was gibt es, haben Sie einen Unfall gehabt, oder sind Sie angezeigt worden? Ich hoffe, ich kann Ihnen helfen", hänselte er mich.

Ich antwortete ihm: „Ich bin mit der Sache noch immer nicht zufrieden. Es stören mich einige Dinge dabei. Es geht mir nicht in den Kopf, wie es möglich sein kann, dass mit Lastwagen einer Firma jahrelang ein Menschenschmuggel betrieben werden kann und nur der Parkplatzwächter, zwei Fahrer und Frau Glückstein eingeweiht sind. Da muss es noch andere Mitwisser geben."

Ernst antwortete er: „Sie haben völlig recht, wir können uns das auch nicht vorstellen, aber wir konnten niemand etwas nachweisen, und keiner der Verhafteten ist bereit, andere zu belasten."

Ich fuhr fort: „Warum wollte man mich zuerst umbringen, und dann hat man mich verschont, um mich später doch wieder ermorden zu wollen?"

Er meinte, dass es eine Reihe von Ungereimtheiten gäbe, aber ich solle diese nicht zu wichtig nehmen, da dies fast bei jedem Kriminalfall der Fall sei. Die Polizei habe die Causa zwar abgeschlossen, aber er persönlich werde noch eine Zeit lang Augen und Ohren offenhalten. Mit diesen Worten verabschiedete er sich.

Irgendetwas hatte mich am Abend der Einladung bei den Berninis gestört, es waren einige Worte gefallen, die ganz harmlos schienen, die aber eine wichtige Aussage enthielten. Es fiel mir nicht ein, was es gewesen war. Susanna war an diesem Abend ebenfalls anders gewesen, wahrscheinlich hatte sie die Anwesenheit von Julia und mir unsicher gemacht. Ich selbst hatte auch Schwierigkeiten gehabt, mich normal zu benehmen. Vielleicht war es einfach mein schlechtes Gewissen wegen der Geschichte in Budapest, am besten war es, alles zu vergessen und die Nachdenkerei bleiben zu lassen.

Aus dem Herbst wurde Winter, es fiel der erste Schnee, der zwar die Stadt für kurze Zeit verzauberte, aber rasch in Matsch und Schmutz überging. Das Magistrat streute wie immer tonnenweise Splitt und Salz auf die Straßen, damit die heiligen Blechkühe wieder mit der gewohnten

Geschwindigkeit dahinrasen konnten. Unter den teuren Schuhen knirschte der Rollsplitt, und das Leder der Schuhe wurde durch das reichlich gestreute Salz angegriffen. Ich glaube manchmal, dass das Grazer Magistrat einen Vertrag mit den Schotterbaronen hat. Denn dieser Rollsplitt wird sozusagen in vorauseilendem Gehorsam auf die Straßen gestreut. Auch wenn es wenig Schnee gibt, Splitt gibt es immer. Wenn dann im Februar der letzte Schnee verschwunden ist und die ganze Stadt im Dreck versinkt, fällt es unserer Stadtverwaltung noch immer nicht ein, zu kehren, denn es könnte ja nochmals schneien. Ich fahre gelegentlich in die Schweiz, hier wird, obwohl es auch ein Gebirgsland ist, praktisch überhaupt nicht gestreut. Es ist offenbar so, dass man bei uns deshalb nicht zusammenkehrt, weil es ja ohnehin bald wieder dreckig wird. So schön Graz ist, so miserabel ist sein Magistrat. Zu viele Beamte, die zu hoch bezahlt sind, und nichts funktioniert. Jetzt schlüpfen unsere Beamten alle noch mit der Hacklerregelung in die verdiente Frühpension, bei der sie durch in letztem Moment durchgeführte Höherstufungen fast mit ihrem letzten Gehalt in Pension gehen. Man muss allerdings zugeben, dass unter dem neuen Bürgermeister die Innenstadt sauberer geworden ist. Keine Stadtplanung, keine großräumige Verkehrsplanung, aber dafür größenwahnsinnige Bauprojekte, für die kein Geld da ist. Der alte Bürgermeister legte großen Wert darauf, ein guter Mensch zu sein und Gutes tun zu wollen, alles löbliche Absichten, und wir alle leben gerne in einer Stadt, die von guten Menschen regiert wird, aber eine Stadt hat eben auch noch andere Probleme. Es muss ja nicht gerade ein Giuliani wie in New York sein, der bei uns Bürgermeister ist, aber ein bisschen von einem solchen würde uns gut-tun.

Die Nachwehen einer Tagung in Wien

Wieder einmal saß der Spitalsdirektor vor mir und zeigte mir die Liste des Materialverbrauches. Dieser war exorbitant geworden, und wir mussten dringend etwas unternehmen. Ich holte meinen Kollegen, den Computerspezialisten, der übrigens seine Dickdarmresektion sehr gut ausgeführt hatte, in mein Büro. Der Vergleich der Spitzen des Materialverbrauches mit den heurigen Nachtdiensten und Urlauben ergab ein völlig neues Bild, die Anzahl der Verdächtigen hatte sich nochmals reduziert, jetzt kamen nur mehr zwei Paare in Frage. Da ich annahm, dass jeweils der Mann der Anstifter war, dachte ich angestrengt über die Charaktere der beiden Herren nach. Einer war ein Oberarzt, der zwar offensichtlich seine Frau betrog, aber den ich so lange kannte und überaus schätzte, dass ich es mir nicht vorstellen konnte, dass er stehlen würde. Der Zweite war ein OP-Laborant, der zwar eine Freundin hatte, aber ein Meister des Krankenstandes und des Abseilens war. Dem würde ich es schon eher zutrauen. Da fiel mir über ihn eine Geschichte ein: Der Bursche hatte doch vor Jahren schon immer ins ehemalige Jugoslawien Kaffee geschmuggelt. Einmal hatte sich ein Arzt seinen Wohnwagen ausgeborgt und war damit nach Jugoslawien gefahren. Während des Urlaubes war am Campingplatz im Inneren des Wagens eine Klappe aufgesprungen und hatte einen Hohlraum freigegeben, in dem 20 Kilo Kaffee versteckt waren. Der Kollege war entsetzt gewesen, hatte den Hohlraum sofort verschlossen und den Kaffee wieder nach Hause gebracht. Er hatte den Laboranten zur Rede gestellt, denn wer lässt sich schon gern mit fremdem Schmuggelgut erwischen, dieser hatte aber nur dickfellig und achselzuckend gemeint, er habe den Kaffee dort einfach vergessen, es sei seine eiserne Reserve gewesen.

Wir beschlossen, unsere Überwachungen auf diese Paarungen zu konzentrieren. Ich rief meinen Commissario an, was mir schon peinlich war, und bat ihn, mich an einen Kollegen des Diebstahldezernats zu vermitteln. Freund Steinbeißer tat dies unverzüglich, er schien erleichtert zu sein, dass ich diesmal etwas anderes von ihm wollte. Am nächsten Tag kam ein Inspektor der Kripo zu mir ins Spital, den ich sofort mit der leitenden OP-Schwester zusammenbrachte. Der Inspektor und die Schwester steckten ihre Köpfe zusammen und verschwanden in den Tiefen des OPs, somit hatte ich wieder einmal ein Problem erfolgreich delegiert. Das Geheimnis des guten Managements ist es immer, tüchtige Leute zu finden, die die Arbeit tun, nur dann hat man genug Zeit für sich selbst.

Wegen des vorzeitigen und reichlichen Schnees hatte ich zwar rechtzeitig die Winterreifen montieren lassen, aber viele andere hatten das, wie jedes Jahr, nicht getan, und es kam zu den üblichen Serienunfällen.

Ende November musste ich noch zu einer Tagung nach Wien, und Julia wollte unbedingt, dass ich mit dem Zug fahren solle. Da ich aber nicht wusste, wann ich von Wien wegkommen würde, beschloss ich doch, das Auto zu nehmen, da die Wetterprognose günstig war. So fuhr ich bei herrlichem Sonnenschein über den Semmering nach Wien.

Simone hatte mir ein Zimmer in einem Innenstadthotel gebucht. Als Erstes checkte ich im Hotel ein, ließ mein Auto in der Tiefgarage und fuhr mit dem Taxi zum Meeting. Die Tagung fand im AKH statt und war fachlich ganz interessant, aber es wurde ziemlich gestritten. Zwei wichtige Persönlichkeiten unserer Fachgesellschaft, ein Professor aus Innsbruck, der andere aus Wien, konnten sich nicht auf gemeinsame Behandlungsrichtlinien einigen. Ich beteiligte mich kaum an der Debatte, weil ich ohnehin meine eigenen Ansichten hatte, die sich von denen der Herren Professoren unterschieden. Aus dem Gesagten sollen potenzielle Patienten nicht den Schluss ziehen, dass man durch Uneinigkeit unter den Ärzten womöglich falsch oder nicht ausreichend behandelt werden kann. Es ging hier nur um akademische Eitelkeiten. Der Streit artete so aus, dass der Innsbrucker dem Wiener, den er jahrzehntelang kannte, das Du-Wort entzog.

In den Pausen tratschte ich mit Kollegen aus den anderen Bundesländern, und wir verabredeten uns zu einem Abendessen in einem gemütlichen Lokal, denn der große Empfang der Tagung versprach nur lange Reden, viele Menschen und ein mäßiges Essen.

Als ich abends ins Hotel zurückkam, um mich vor dem Essen umzuziehen, teilte mir der Rezeptionist mit, dass sich jemand nach mir erkundigt habe.

„Wer war das?"

„Ein Mann mit einem ausländischen Akzent."

Ich dachte nach. Wer konnte das sein? Am Kongress waren auch einige Kollegen aus den östlichen Nachbarländern beteiligt. Ich schüttelte den Kopf. Mir fiel niemand ein.

„Hat er etwas hinterlassen?"

„Nein. Er wollte wissen, ob Sie mit dem Auto weggefahren seien. Das wussten wir nicht. Er wird Sie später noch einmal kontaktieren."

Na gut, war mir auch egal. Ich ging in mein Zimmer, nahm ein Bad, wusch meine Haare und zog mich um. Ich fühlte mich wohl und war zu Schandtaten bereit. Mein irischer Freund Neil O'Donoghue hatte immer gesagt, das Wichtigste bei Reisen seien die Four S: Shave, shower, shit und shampoo. Eine alte irische Weisheit.

Das Abendessen fand bei einem teuren Italiener statt und war ganz in Ordnung. Wir waren zu sechst und konnten es uns leisten. Der Wein war grenzwertig, das heißt, man musste aufpassen, um davon nicht Kopfweh zu bekommen. Auf die italienischen Weine kann man sich nicht immer verlassen. Ich hielt mich dabei zurück. Unser Kollege Beppo aus Salzburg, der daheim eine strenge Frau hat, wollte unbedingt in ein In-Lokal gehen. Johann aus Wien, ein ausgezeichneter plastischer Chirurg, wusste von seinen Patientinnen die richtige Location. Es war nicht zu laut, zu psychodelischen Klängen tanzten schöne oder verschönte Singles und Doubles miteinander. Man konnte sich daneben auch durchaus unterhalten. Beppo stürzte sich in die Schlacht, nahm sich ein weibliches Single und war bald in Nahkämpfe verwickelt. Irgendwer hatte Drinks bestellt, und plötzlich saßen an unserem Tisch etwa zehn Personen, darunter auch einige nicht üble weibliche Wesen. Ich unterhielt mich mit einer ziemlich betrunkenen, attraktiven Blondine. Das Gespräch habe ich nicht als besonders intellektuell in Erinnerung, kann mich aber auch täuschen. Der darauf folgende Tanz war sicher nicht mehr intellektuell. Es handelte sich dabei um überaus enge Körperkontakte. Ich bin mir sicher, dass im Lokal auch härtere Drogen als Alkohol zirkulierten. Dann fand ich mich auf der Straße, neben mir die erwähnte Blondine. Umschlungen gingen wir einen etwas schlangenförmigen Weg entlang. Sie schwankte beträchtlich. Taxi war keines in Sicht. Ich schlug ihr vor, mit ihr in mein Hotel zu gehen, das nicht weit entfernt war, und ein Taxi anzurufen. Sie nickte nur, denn sie war ziemlich dicht.

Wir gingen durch die Drehtür in unser Hotel, ich setzte sie in eine Sitzgarnitur und ging zur Rezeption, um ein Taxi zu bestellen. Dieses kam bald, und sie fuhr ab. Meine Verabschiedung von ihr hatte sie nicht einmal wahrgenommen.

Als ich meinen Schlüssel verlangte, blickte der Rezeptionist auf und sagte: „Da ist ja gerade noch der Herr gewesen, der Sie sprechen wollte. Er muss gerade weggegangen sein.“

Ich nahm den Schlüssel und fuhr in mein Zimmer, um fast augenblicklich einzuschlafen.

Am nächsten Tag merkte ich, dass ich ja doch zu viel von dem italienischen Wein getrunken hatte, oder es waren die merkwürdigen Drinks gewesen, die mir das mörderische Kopfweh eingebracht hatten. Nach Kaffee und Kopfwehmittel brach ich zur Tagung auf, aber ich vermochte mich dort nicht zu konzentrieren. Mir war kalt, und ich fühlte mich unwohl. Ich entschied mich, sofort nach Hause zu fahren. So brachte mich ein Taxi ins Hotel, ich zahlte meine Übernachtung und stieg in mein Auto.

Kaum war ich auf der Autobahn, begann ein dichtes Schneetreiben. Der Schneefall war so stark, dass die weiße Pracht sogar auf der Straße liegen blieb. Ich musste mit dem Tempo auf 70 bis 80 heruntergehen. Es wurde eine schreckliche Heimfahrt. Dauernd wurde ich von Fernlastern überholt, denen die schneeglatte Fahrbahn nichts auszumachen schien. Mich fröstelte und ich fühlte mich krank, wahrscheinlich war eine Grippe im Anzug. Die meisten Autos und auch ich schlichen vorsichtig dahin. Ich gab nur wenig Gas und bremste vorsichtig. Es dauerte endlos, erst nach mehr als drei Stunden Fahrzeit erreichte ich die Nordeinfahrt von Graz.

Seit der Autobahnabfahrt war die ganze Zeit ein großer schwarzer SUV hinter mir, der mehrmals versucht hatte, mich zu überholen. Die Fahrerin war eine junge Dame, sie fuhr immer ganz knapp hinter mir und telefonierte gleichzeitig, während ich bemüht war, einen großen Abstand zu dem vor mir fahrenden Auto zu halten. Auf der Höhe des Autohauses, bei dem ich normalerweise Kunde bin, schaltete eine Ampel auf Rot. Das Auto vor mir bremste, ich auch. Ich brachte mein Fahrzeug gerade drei Meter hinter dem vorderen zum Stehen, als der

SUV, trotz seiner Superbremsen, schlitterte und in mein Heck hineinkrachte. Außer einem kräftigen Stoß hatte ich nichts verspürt. Ich stieg gar nicht aus, sondern holte mein Handy aus der Tasche und rief die Polizei an. Nach diesem Anruf telefonierte ich mit Julia, damit sie mich abholen kam. Erst dann stieg ich aus. So ein Schmarren, dachte ich. In kurzer Zeit waren mir zwei Autos hineingefahren, zuerst eines vorne und nun eines hinten. Mein Wagen roch nach der letzten Reparatur noch immer nach Lack.

Die SUV-Fahrerin war ausgestiegen und sah zerknirscht aus.

„Ich weiß", sagte sie, „ich bin schuld. Mein Mann wird entsetzlich schimpfen. Ich wollte mit diesem großen Kübel ohnehin nie fahren."

„So ist es", antwortete ich, „Ihre Schuld. Ich habe bereits die Polizei angerufen. Außerdem haben Sie telefoniert."

Es dauerte eine halbe Stunde, bis die Polizei kam, dann dauerte es eine weitere halbe Stunde, bis der Unfall aufgenommen und alle Formalitäten erledigt waren. Das Heck war eingedrückt, der Kofferraumdeckel war aufgesprungen. Meinen Wagen fuhr ich gleich in die Werkstätte, die nur wenige Meter neben dem Unfallort lag. Das Gepäck nahm ich aus dem Kofferraum. Wie praktisch, gleich vor der Werkstätte einen Unfall zu haben. Am Montag würde ich alles erledigen.

Als Julia gekommen war, um mich einzusammeln, hatte ich bereits Schüttelfrost und Fieber. Sie steckte mich in ein heißes Bad und flößte mir Tee und Aspirin ein. Die Nacht verbrachte ich in wirren Fieberträumen und schwitzend. Am Morgen ging es mir gar nicht gut. Ich verbrachte den ganzen Tag im Bett. Julia, mein Engel, erledigte alle Telefonate für mich, Spital, Werkstätte und Versicherung. Die Reparatur würde einige Tage dauern.

Mir ging es so schlecht, dass ich die ganze Woche daheimblieb. Erst am Freitag verließ ich das Bett und setzte mich vor den PC, um meine E-Mails durchzusehen. Die Werkstätte rief an. Der Mechanikermeister hatte mir Unangenehmes mitzuteilen.

„Herr Doktor, der Wagen ist zwar fertig, die Blechschäden sind ausgebügelt. Ich habe ihn aber zum Abschluss noch einmal auf der Hebebühne angeschaut und dabei Beschädigungen der Bremsleitungen festgestellt."

„Was soll das heißen? Der Wagen war doch gerade erst beim Service."

„Diese Beschädigungen hat jemand absichtlich herbeigeführt."

„Heißt das Sabotage?"

„Ja. Sie haben Glück gehabt. Jeden Moment hätten die Bremsen versagen können."

„Ich bin mit dem Wagen von Wien gekommen. Es hat alles funktioniert, ich habe wegen des Schneefalls allerdings nur vorsichtig gebremst."

„Wie gesagt, da haben Sie Glück gehabt. Sollen wir die Bremsen reparieren?"

„Auf keinen Fall. Ich rufe die Polizei an. Die werden jemand zu Ihnen schicken."

Mich fröstelte es wieder. Nahmen die Anschläge auf meine Person kein Ende mehr? Es saßen doch alle Verbrecher hinter Schloss und Riegel.

Steinbeißer war über meinen Anruf gar nicht froh. Er versprach, jemand von der Spurensicherung hinzuschicken und sich den Schaden selbst anzusehen. Ich legte mich wieder ins Bett und schlief aus Ermattung ein – bis die Glocke der Haustür läutete. Der Commissario stand vor der Tür. Ich ließ ihn herein. Wir setzten uns ins Wohnzimmer, ich war noch im Pyjama.

„Es war zweifellos eine Manipulation an den Bremsleitungen. Sehr fachmännisch, das ging nicht so auf ruckzuck, das hat eine Weile gedauert. Wo haben Sie normalerweise Ihr Auto abgestellt?"

„Hier immer in der Garage, dann im Spital immer in der Garage, aber ich war letztes Wochenende in Wien, dort war es in der Hotelgarage abgestellt. Es könnte dort geschehen sein."

Dann fiel mir ein, dass ein Mann mit ausländischem Akzent mich hatte sprechen wollen. Dies teilte ich Steinbeißer mit, der sich alles aufschrieb. Ich erinnerte mich auch noch, dass die Hotelgarage eine Video-Überwachung gehabt hatte. Er versprach, sich darum zu kümmern.

„Herr Doktor, Sie wissen etwas, das für irgendjemand gefährlich sein kann. Man will Sie außer Gefecht setzen. Denken Sie intensiv nach."

„Wer soll denn das sein? Es sitzen doch alle. Hintermänner im Osten kenne ich keine."

„Nehmen Sie sich weiter in Acht."

„Wie denn?"

„Ich werde wieder jemand für Sie abstellen. Setzen Sie sich mit ihm zusammen und versuchen Sie gemeinsam, einen vernünftigen Modus zu finden. Eine 24-Stunden-Bewachung ist ohnehin nicht zu organisieren und zu teuer."

Mein Lieblingspolizist verließ mich mit besorgtem Gesicht. Vor dem Haus traf er Julia, die gerade von der Arbeit zurückkam. Ich sah sie längere Zeit miteinander sprechen. Mir war nicht gut, ich ging wieder ins Bett und zog die Decke über meinen Kopf.

Die Grippe war so schwer gewesen, dass ich auch in der nächsten Woche noch daheimblieb. Erst zu Maria Empfängnis ging ich wieder arbeiten. Das Chaos auf meinem Schreibtisch kann man sich nicht vorstellen. Es gab jede Menge E-Mails, die ich mit Simone bearbeitete. Tonnenweise schmiss ich Papier in den Korb. Simone holte sich teilweise wieder einiges heraus. Sie meinte, etliches brauchen zu können. Ich zuckte die Achseln. Die meisten schriftlichen Anweisungen und Aufforderungen von der Krankenanstaltgesellschaft ignoriere ich ohnehin ständig. Vieles erledigt sich von selbst, wenn man es nicht beantwortet. Ein Problem waren meine Privatpatienten, deren Operationen ich zum Teil auf das nächste Jahr verschieben musste. Die meisten von ihnen waren darüber ohnehin erleichtert.

Die Feiertage kamen rasch näher, fast jeden zweiten Tag fand eine Weihnachtsfeier statt, und jedes Mal aß und trank ich zu viel, ich hatte schon ein Kilo zugenommen, bevor die eigentliche Weihnachtsesserei begann. Jeden Tag wurde eine Bank überfallen, denn auch Verbrecher und Verschuldete wollten sich schöne Feiertage verschaffen. Den Vogel schoss in diesem Jahr ein dummer Knabe ab. Er war zu bequem, um sich ein Fahrzeug zu stehlen, und so führte er den Bankraub mit dem eigenen Fahrzeug aus, das noch dazu das Wunschkennzeichen „Burli 1" hatte, wodurch er seine Ausforschung erleichterte.

Unsere Diebstahlsaffäre im Spital war endlich aufgeklärt. Der Inspektor hatte gewisse Güter mit einem unsichtbaren Farbstoff markiert und die beiden übrig gebliebenen Pärchen nach den Nachtdiensten beobachtet, und siehe da, unser Laborant, der Kaffeeschmuggler, hatte nach einem Nachtdienst des Morgens gefärbte Hände. Als die Oberschwester ihn zur Rede stellte, schrie er sie an und rannte weg. Sie verständigte die Kripo, welche sofort eine Hausdurchsuchung bei ihm durchführte. In der Wohnung und in seinem Wohnwagen fand man eine große Menge von Verbandsmaterial, OP-Handschuhen und Nahtmaterial, auch eine Schachtel mit Narkosemittel wurde entdeckt. Nach einigen Verhören gab er die Diebstähle zu und gestand, die Materialien im ehemaligen Jugoslawien verkauft zu haben.

Na, Gott sei Dank war das nun wenigstens zu Ende. Mir tat nur seine Komplizin leid, sie hatte nur aus Liebe zu ihm mitgeholfen. Sie war eine ausgezeichnete OP-Schwester und hatte nun Schwierigkeiten mit dem Gesetz. Sie würde uns sehr abgehen, denn gute OP-Schwestern wachsen nicht auf den Bäumen.

Kurz vor Weihnachten stürmte ich an einem Nachmittag, mit Paketen beladen, durch die Stadt und rannte in eine Dame hinein, uns beiden fielen einige Päckchen zu Boden. Ich entschuldigte mich und half ihr beim Aufheben. Da erkannte ich sie erst, es war die Sekretärin unseres Golfclubs, Frau Schneeweiß. Wir begrüßten uns lachend und tauschten einige Redewendungen aus. Weil sie so eine sympathische Frau ist, lud ich sie zu einem Kaffee ein. Wir gingen ins Café Glockenspiel und erkämpften uns einen Sitzplatz. Sie hatte in der golflosen Zeit Urlaub und war gerade dabei, in den Süden zu fliegen.

Wir tratschten über verschiedene merkwürdige Mitglieder unseres Clubs, über den Hofrat der Finanz, der aus Geiz stundenlang nach jedem Ball sucht, über den Zahnarzt, der schon jahrelang auf der Driving Ranch steht und erst einmal in einem Turnier gespielt hat, und über den alten Rechtsanwalt, der gekleidet ist wie ein Kanarienvogel und jede Woche mit einer anderen Dame kommt, die ihn dann auf seinen Runden begleitet. Über die ehemalige Stewardess, die immer zweideutige Witze erzählt, aber sich sonst wie eine vollendete Dame benimmt. Wir sprachen auch über unseren englischen Pro, der nur mehr reines Steirisch redet.

Nach dem Kaffee tranken wir zur Stärkung noch ein Glas Sekt, und dieses lockerte die Zunge der sonst eher verschwiegenen Frau Schneeweiß. Irgendwann kamen wir auch auf Frau Bernini zu sprechen, wobei wir übereinstimmten, dass sie eine sehr schöne Frau sei.

Sie sagte kichernd: „Wissen Sie, Herr Doktor, dass Frau Bernini ein Auge auf Sie geworfen hat?"

„Wie kommen Sie denn darauf?", fragte ich.

„Sie haben doch heuer einmal mit ihr zusammen in einem Turnier gespielt, nicht wahr?"

Das konnte ich nur bestätigen.

„Wissen Sie, wie das zustande gekommen ist?"

Ich verneinte.

„Frau Bernini hat mich vor dem Turnier angerufen und mich gebeten, sie mit Ihnen in einen Flight zu geben. Da sehen Sie, was Sie für ein begehrter Mann sind."

Ich war sprachlos. Susanna, die ich damals noch nicht gekannt hatte, hatte mit mir spielen wollen. Das gab es doch gar nicht.

Frau Schneeweiß stand lachend auf: „Ich muss jetzt weiter, ich danke für die Einladung und wünsche Ihnen schöne Feiertage."

Ich saß da und war wie vor den Kopf geschlagen. Unser Kennenlernen war also kein Zufall gewesen, aber warum sollte sie mich kennenlernen wollen? Ich weiß schon, dass ich bei manchen Frauen Chancen habe, aber den Ruf zu haben, so interessant zu sein, dass unbekannte Damen Telefonate führen, um mit mir Golf zu spielen, das konnte nicht der Fall gewesen sein. Susanna musste von mir etwas gewollt haben. Aber was? Wenn ich mich richtig erinnerte, hatte sie mir das Du-Wort angetragen. Das zweite Mal hatte ich sie in der Galerie getroffen, das war sicher Zufall gewesen, oder doch nicht? Hatte sie auch das eingefädelt? Es war eine moderne Galerie gewesen, und der Herr Konsul besaß kein einziges zeitgenössisches Bild. Woher wusste sie von meinem Hobby? Hatte ich es beim

Turnier erwähnt? War das jetzt ein Zufall gewesen, dass wir uns in Budapest getroffen hatten, oder nicht? Wenn sie gewusst hätte, dass ich dort hinfahren würde, hätte sie ohne Schwierigkeiten herausfinden können, in welchem Hotel der Kongress stattfinden würde. Ich wusste nicht genau, ob ich beim Gespräch in der Galerie meine bevorstehende Reise erwähnt hatte oder nicht. Wie immer hatte ich viel gesprochen. Es war sicher kein großes Problem, mich zufällig im Bereich des Hotels zu treffen. Plötzlich fiel mir die Bemerkung des Herrn Konsuls ein, wie gerne er doch in Budapest sei und dass er heuer noch nie die Gelegenheit dazu gehabt habe. Das war es gewesen, was mich am Abend der Einladung so irritiert hatte. Susanna hatte mir doch erzählt, sie sei mit ihm nach Budapest gekommen, und er wäre weitergereist. Das war eindeutig eine Lüge gewesen.

Hat man einmal seinen Gesichtspunkt geändert, so erscheint einem alles in einem anderen Licht. Jetzt passten auf einmal viele Dinge besser zusammen. Sie war nach Budapest gefahren, um mich zu treffen und um mich besser kennenzulernen, was ihr auch gelungen war. Was hatte sie davon? Ich bin nicht so dumm oder so eingebildet, zu glauben, dass sie das wegen meines umwerfenden Charmes getan hatte, sie wollte etwas von mir. Sie musste in die Affäre Wegrostek verstrickt sein. Sie wollte von mir wissen, wie viel ich von dem Mord tatsächlich wusste. Madame Bernini hatte mich ganz schön an der Nase herumgeführt. Männer sind wirkliche Simpel, sie glauben jeder Frau, die ihnen schön tut. Ich musste mir aber eingestehen, dass es mit ihr sehr schön gewesen war. So eine raffinierte Person, dabei sah sie so lieb und unschuldig aus. Ich kam nachträglich noch einmal ins Schwärmen. Wir sind den Frauen doch nie gewachsen, immer wenn wir glauben, dass wir es besonders geschickt angestellt haben, um eine Frau zu verführen, so tappen wir dabei in längst ausgelegte Fallen.

Mir ist die Geschichte eines Freundes erinnerlich, der einmal mit unglaublicher Raffinesse eine weibliche Bekanntschaft in ein Hotelzimmer gelockt zu haben glaubte. Im Hotel wehrte sich das Opfer zunächst mit Worten und Tränen gegen die Verführung, sodass mein Freund nach ihrer körperlichen Vereinigung fast ein schlechtes Gewissen hatte. Vor dem Einschlafen entschwand die Dame ins Badezimmer und kam zähnegeputzt und im Nachthemd zurück ins Bett. Zahnbürste und Nighty hatte sie vorsorglich bereits in der Handtasche gehabt.

Wieder einmal, zum wievielten Mal war es eigentlich?, rief ich Steinbeißer an.

„Das war Gedankenübertragung", sagte er. „Ich wollte Sie gerade anrufen und Ihnen mitteilen, was wir über Ihr Auto herausgefunden haben."

„Ich wollte Ihnen auch Neuigkeiten mitteilen. Aber schießen Sie los."

„Es gibt eine Videoaufzeichnung von dem Mann, der Ihr Auto sabotiert hat. Es dürfte derselbe Mann sein, der sich an der Rezeption nach Ihnen erkundigt hat. Er wurde identifiziert und ist zur Fahndung ausgeschrieben."

Mich konnte nichts mehr erschüttern. Ich berichtete ihm von meinen ungeheuerlichen Vermutungen. Im

Geiste sah ich ihn seinen Kopf schütteln, dann aber wurde er immer interessierter. Wir unterhielten uns fast eine halbe Stunde lang. Er versprach, weitere Nachforschungen anzustellen und mich dann aufzusuchen. Wir würden dann gemeinsam etwas unternehmen. Bevor er ging, erzählte er mir noch, dass Dr. Sepp U., der Rechtsanwalt, der in mein Auto hineingerutscht war, die Verteidigung von Frau Glückstein übernommen hatte. Das konnte aber nur ein Zufall sein, der mich nichtsdestoweniger amüsierte. Von Julia hatte ich erfahren, dass dieser Anwalt dafür bekannt war, schräge Sachen zu übernehmen.

Der letzte Akt

Die Weihnachtsfeiertage verliefen in tiefem Frieden. Wir blieben daheim und trafen zwischen den Feiertagen die Familie und Freunde. Zu Silvester machten wir mit Freunden einen Ausflug auf einen Berg und verbrachten den Abend auf einer Hütte.

Einige Tage nach Neujahr kam Steinbeißer zu mir nach Hause. Wir hatten eine lange Unterredung. Ich rief darauf Susanna an, brauchte aber lange, um sie zu erreichen. Als ich sie um ein Gespräch unter vier Augen bat, lehnte sie zunächst ab. Sie war zwar höflich, aber abweisend, von der einstigen Herzlichkeit keine Spur mehr, sie schien kein Bedürfnis zu haben, mich sehen zu wollen. Ich teilte ihr mit, dass ich ein Problem hätte, von dem sie unbedingt wissen müsse, und schlug ihr vor, sich mit mir in einem kleinen ruhigen Vorstadtespresso zu treffen. Nach einigem Hin und Her willigte sie ein, und wir einigten uns auf Zeit und Ort des Rendezvous.

Am nächsten Tag fuhr ich mit dem Auto am Nachmittag nach St. Peter und blieb vor einem kleinen Espresso stehen. Ich war absichtlich etwas früher gekommen und setzte mich in eine Ecke. Außer mir waren nur zwei Personen im Kaffeehaus, die Serviererin und ein Gast an der Theke, der ein Stehachterl trank und sich mit der Kellnerin unterhielt.

Pünktlich um vier Uhr betrat Susanna das Kaffeehaus. Ich stand auf, ging ihr entgegen, half ihr aus dem Mantel und führte sie zu meinem Tisch. Wir nahmen Platz, und

sie bestellte sich einen Cappuccino und ich mir einen großen Braunen. Susanna war kaum geschminkt und sah,
mit Hose und Pulli bekleidet, wie eine Studentin aus.
Sie war schön wie immer, machte aber eine abweisende
Miene, die ich an ihr nicht kannte. Sie entnahm ihrer
Tasche ein Päckchen mit Zigaretten, zündete sich eine
an und inhalierte den Rauch mit tiefen Zügen, was mich
erstaunte, denn ich hatte sie bisher noch nie rauchen gesehen.

„Susanna, ich glaube, du bist mir einige Erklärungen
schuldig", begann ich.

Kühl antwortete sie: „Ich wüsste nicht, was ich dir zu
erklären habe."

Ich fuhr fort: „Jawohl, das hast du. Denn am 7. Juli
hast du die Clubsekretärin, Frau Schneeweiß, angerufen,
um dich für ein Turnier anzumelden, und dabei hast du
sie gebeten, dich mit mir im selben Flight einzuteilen. Du
hast dies getan, obwohl wir uns bis zu diesem Zeitpunkt
noch nie gesehen hatten, du wolltest mich offenbar kennenlernen, warum?"

Sie gab mir keine Antwort.

Ich sprach weiter: „Einige Tage später haben wir uns
neuerlich zufällig getroffen, und zwar in der Galerie.
Diese Begegnung war meiner Meinung nach auch nicht
zufällig. Offenbar habe ich bei unserer Siegesfeier nach
dem Golfturnier von meinem Interesse an der modernen
Kunst gesprochen und dabei auch diese Vernissage erwähnt. Du hast deinen Mann in eine Ausstellung für zeit-
genössische Kunst mitgeschleppt, obwohl er dafür wenig
übrighat. Bei der Vernissage habe ich fallen gelassen, dass

ich in einigen Tagen nach Budapest zu einem Kongress fahren müsse. Meine Sekretärin hat mir bestätigt, dass zu dieser Zeit eine Dame wegen einer Konsultation angerufen habe und sie der Dame gesagt habe, dass ich sie nicht sehen könne, weil ich an diesem bestimmten Tag nach Budapest zu einem Chirurgenkongress fahren müsse. Du hast somit über meinen Aufenthalt in Budapest Bescheid gewusst, und es war sicherlich kein Problem für dich, über euer Budapester Büro herauszufinden, in welchem Hotel der Kongress stattfindet. Du bist dann mit Gustave – dein Mann war zu dieser Zeit in Deutschland – nach Budapest gefahren, und ihr seid beide im Hilton abgestiegen. Die Polizei hat das überprüft. Am nächsten Tag bist du in das Foyer meines Hotels gegangen und hast auf mich gewartet, bist mir in die Konditorei gefolgt und hast, als wir uns gesehen haben, die Erstaunte gespielt. Warum wohl?"

Während meiner Erzählung war sie kreidebleich geworden, hatte aber kein Wort gesagt. Inzwischen hatte die Serviererin die zwei Tassen Kaffee vor uns hingestellt.

Ich fuhr fort: „Mir ist inzwischen klar geworden, was du von mir wolltest, du wolltest wissen, ob Wegrostek wirklich noch etwas vor seinem Tod gesagt hatte. Du steckst nämlich in der Geschichte tief mit drinnen. Von allen Beteiligten hattest du am meisten zu verlieren. Du bist der Kopf der Organisation und nicht die Glückstein oder der Flaubert. Ihr habt zunächst alle der Erfindung des Reporters geglaubt, dass ich etwas wisse.

Erst im Laufe des gemeinsam verbrachten Tages war dir klar geworden, dass ich nichts gehört haben konnte, und du warst beruhigt. Dann erzählte ich dir am Abend, dass ich mich über Wegrostek erkundigt hatte, und machte noch den Fehler, dich über Gustave auszufragen. Das war für dich der Beweis, dass ich bereits zu viel wusste oder zumindest einiges vermutete. Durch meine Neugier schien ich für euch gefährlich und ihr wolltet mich zum Schweigen bringen."

Etwas zynisch fuhr ich fort: „Ich hoffe aber trotzdem, dass dir unser Zusammensein in Budapest soviel Spaß gemacht hat wie mir."

Bei diesen Worten traten Tränen in ihre Augen, und sie sah dabei unbeschreiblich jung und schön aus, sodass ich an meinen Schlüssen zu zweifeln begann.

In diesem Augenblick läutete mein Handy, es war mir ganz recht, da ich ein schlechtes Gewissen verspürte. Ich drückte auf den Knopf und hörte die Stimme eines der Oberärzte. Ich erhob mich und sagte Susanna, dass ich gleich wieder da sein werde, und ging in den leeren Nebenraum des Kaffeehauses. Es gab nichts Aufregendes im Spital, ich wurde nur etwas über einen Patienten gefragt und kam nach etwa fünf Minuten wieder zurück. Susanna saß aufrecht und schweigend da, sie war wie versteinert. Mein Kaffee war sicher schon kalt geworden.

Ich fragte sie: „Hast du mir etwas zu sagen?"

Sie trank ihre Tasse leer und antwortete: „Dein Kaffee wird kalt, du solltest ihn trinken. Ich habe dir nichts zu sagen, du kannst aber ruhig weitersprechen."

Ich nahm den Faden wieder auf: „Nach deiner Rückkehr aus Budapest fand eine Besprechung aller Komplizen statt, wobei man zum Schluss kam, mich zu beseitigen. Der Plan war, unter dem Vorwand eines Einbruches in mein Haus einzudringen und mich für immer zum Schweigen zu bringen. Als der Anschlag auf mich misslang, muss bei euch Panik ausgebrochen sein, und alle Aktionen wurden gestoppt. Zwei der Verbrecher wurden geschnappt, der dritte entkam nur knapp. Ich glaube, dass es Flaubert war. Zu eurer großen Erleichterung schwiegen die beiden Kollegen aus dem Osten, und die Nachforschungen der Polizei führten zu nichts. Die Befragung der Glückstein und von Gustave ergaben ebenfalls keine brauchbaren Resultate. Du hast deinen Mann bearbeitet, seine Angestellten in Schutz zu nehmen, dies habe ich vor Kurzem vom Kommissar erfahren. Das hat ihn schon damals misstrauisch gemacht, er hat dir nie ganz getraut. Mich hattest du so um den Finger gewickelt, dass ich vor lauter, nennen wir es Sympathie blind war. Ich hätte erkennen müssen, dass du etwas von den kriminellen Aktivitäten der beiden merken hättest müssen. Mit Gustave warst du dauernd zusammen, und den Posten der Glückstein hast du vor ihr gehabt. Als ich dann auf Urlaub fuhr und sich alles beruhigte, hattet ihr den Mut, die bereits wartenden Transporte wieder über die Grenze zu bringen."

Sie unterbrach mich und sagte: „Trink lieber deinen Kaffee, der wird sonst noch ganz kalt."

Sie war schon eine hartgesottene Person. Wollte sie mich aus der Fassung bringen? Ich hob meine Tasse zu den Lippen, der Kaffee war wirklich schon ganz kalt. Ich mag keinen kalten Kaffee, und so stellte ich die Tasse zurück und rief der Kellnerin zu, mir einen neuen zu machen.

Ich setzte fort: „Asylanten sollten wieder einmal gegen Autos ausgetauscht werden. Alles schien nach Plan zu gehen. War das ein Schreck für euch, als man jemand auf dem Grundstück herumschleichen sah. Was hatte dieser Mensch gesehen? War er allein? Hatte er der Polizei bereits etwas mitgeteilt? Wer war es? Man hat dich wahrscheinlich, du warst ja in Frankreich, angerufen und gefragt, was zu tun sei. Deine Anweisungen waren höchstwahrscheinlich, die Spuren im Haus an der Grenze zu verwischen und mich sicher zu verwahren. Flaubert hast du als Exekutor sofort zurückgeschickt. Die Asylanten wurden sofort weiter in das Landesinnere gebracht, die Autos nach Jugoslawien. Es muss aber ein großer Schock für deine Mittäter gewesen sein, als sie mich nicht mehr in meinem Gefängnis fanden.

Als die Polizei eintraf, waren alle Spuren verwischt. Eines muss dir klar geworden sein, die Glückstein und Gustave standen unter Verdacht, und du würdest sie vielleicht opfern müssen. Die Wegrostek hast du wahrscheinlich so massiv bedroht, dass sie dich bis heute noch deckt."

Die Kellnerin brachte meinen frischen Kaffee und servierte die kalte Tasse ab, nachdenklich blickte Susanne ihr nach. Ich trank einen Schluck und verbrannte mir dabei die Lippen.

„Ihr hattet wiederum Glück. Nur der Wegrostek konnte etwas nachgewiesen werden, deine Hauptkomplizen blieben weiterhin unbehelligt. Aus Gründen der Vorsicht hast du jeden Kontakt zu ihnen abgebrochen. Dein Mann hatte dir mitgeteilt, dass die Polizei die beiden verdächtige, und deshalb hast du ihn gebeten, sie nicht zu entlassen. Du hast dich wahrscheinlich massiv für sie eingesetzt. Dass die Polizei aber auch das Telefon der Glückstein angezapft hat, hat er dir verschwiegen. Nach mehreren Wochen führte dies zum gewünschten Erfolg, man bekam heraus, dass ein neuer Menschenschmuggel durchgeführt werden solle. Die Partner im Osten waren unbarmherzig, sie hatten den Leuten bereits das Geld abgenommen und hielten sie schon zu lange versteckt. Die Lieferung erfolgte wie früher mit einem eurer Transporter. Bei der folgenden Polizeiaktion wurde ein Teil der Bande gefasst, nur Gustave entkam. Ich wette, dass du ihn versteckt gehalten hast. Alles beruhigte sich nun, die Polizei war erfolgreich gewesen, die Partner im Osten gaben endlich Ruhe, da sie selbst unter Druck geraten waren. Dir aber war klar, dass deine Sicherheit nur durch eine Person gefährdet war, und zwar durch mich. Irgendwann einmal könnte mir klar werden, dass unser häufiges Zusammentreffen alles andere als zufällig war, und ich könnte im Gespräch mit deinem Mann gewisse Dinge im rechten Licht sehen. Aus diesem Grund hast du Gustave beauftragt, mich endgültig zu beseitigen. Er war dir ebenso hörig wie Frau Glückstein es ihm war, er war wie dein Leibeigener. Er war aber ein zweites Mal erfolglos und wurde dabei festgenommen.

Seither hast du keine Ruhe mehr, du lebst in ständiger Angst, entdeckt zu werden. In Wirklichkeit warst du die hiesige Chefin der ganzen Organisation und nicht die Glückstein. Du hast wahrscheinlich damit begonnen, bevor du den Konsul geheiratet hast. Warum du nach deiner Eheschließung nicht mit den kriminellen Aktivitäten aufgehört hast, das weiß ich nicht. Dein Mann ist ein Gentleman, du bist durch die Heirat reich geworden, und jeder deiner Wünsche wird dir erfüllt. Kommissar Steinbeißer hat über deine Jugend einige interessante Dinge herausgefunden. Du bist bereits früher mit dem Gesetz in Konflikt gekommen, von den Geschichten, die du mir erzählt hast, stimmen die meisten nicht.

So hast du es noch einmal versucht. Die Manipulation an meinen Bremsen ist von dir in Auftrag gegeben worden. Ich scheine aber einen besonderen Schutzengel zu besitzen. Wieder war alles umsonst. Der Mann, der das ausgeführt hat, ist bereits identifiziert und zur Fahndung ausgeschrieben. Er wird gefasst werden und dich belasten."

Sie sah mich an, zuckte mit den Achseln und sagte: „Ein biederer Mensch wie du kann so etwas nicht verstehen. Ich gebe nichts zu, man wird mir alles erst nachweisen müssen."

Susanna erhob sich, ich half ihr in den Mantel, und sie ging grußlos hinaus. Es hatte zu schneien begonnen. Vor der Tür traten zwei Männer an ihre Seite, sprachen einige Worte mit ihr und nahmen sie in die Mitte. Sie stiegen mit ihr in ein großes Auto, das schon die ganze Zeit vor dem Espresso gestanden hatte. Ich blickte deprimiert aus dem Fenster. Als das Auto wegfuhr, trafen sich unsere Blicke – zum letzten Mal. In ihren braunen Augen lag Angst, sie sah aus wie ein in die Enge getriebenes Tier.

Als ich mich umdrehte, stand Steinbeißer vor mir: „Herr Doktor, Sie haben heute wieder einmal Glück gehabt."

„Glück?", frage ich geistesabwesend, „das bestreite ich."

„Sie werden es gleich sehen."

Er führte mich in das Hinterzimmer des Espressos, wo er sich die ganze Zeit aufgehalten hatte und meiner Begegnung mit Susanna mittels einer Videokamera zugesehen und sie aufgezeichnet hatte. Er spielte den Film zurück. Ich sah und hörte unser Gespräch. Wir waren beide deutlich zu sehen, die Konversation war gut verständlich. Man hörte sogar mein Handy läuten, sah mich aufstehen und weggehen. Kaum war ich von der Bildfläche verschwunden, griff Susanna in ihre Tasche, holte etwas heraus und warf es blitzschnell in meinen Kaffee, dann zündete sie sich seelenruhig eine Zigarette an und rauchte, ihr Gesicht hatte sich bei der ganzen Tätigkeit nicht verändert. Viel hatte ich ihr zugetraut, aber so eine Abgebrühtheit nicht. Was hatte sie mir in den Kaffee getan? Mir wurde plötzlich warm, ich wischte mir den Schweiß von der Stirn. War es Gift gewesen?

Der Kommissar meinte: „Ich war schon bereit hinauszustürzen, aber Sie haben den Kaffee Gott sei Dank nicht angerührt. Die Wirtin hat die Tasse nicht weggeschüttet, mein Mann, es war der Gast an der Theke, hat den Inhalt sichergestellt."

Ich brauchte dringend einen Schnaps, mir zitterten die Knie. Ich bestellte zwei Schnäpse, einen für Steinbeißer und einen für mich, wir prosteten uns zu.

Das war das wirkliche Ende der Affäre, wie schön wäre es gewesen, wenn nur die Unsympathischen schuldig und die Schöne unschuldig geblieben wäre. Wir tranken noch einen Schnaps, und ich trug meinem Kampfgefährten das Du an, er heißt übrigens Jakob. Wir hatten einiges miteinander durchgemacht, und ich mag ihn wirklich, er ist, wie man in meiner Jugend sagte, ein klasser Bursche, und sein Beruf hat ihn zwar hart, aber nicht unmenschlich gemacht. Beim dritten Schnaps beschlossen wir, einmal gemeinsam Schifahren zu gehen. Der arme reiche Bernini tat uns ein wenig leid. Es ist immer ein Risiko, eine schöne Frau zu heiraten, die 25 Jahre jünger ist. Die Affäre würde seinen Geschäften und seinem Ansehen ein wenig schaden, aber er würde daran nicht zugrunde gehen. Heute nimmt es ohnehin niemand mehr so ernst mit der Moral, früher hätte man sich bei solchen Vorkommnissen aus Anstand erschossen. Susanna würde wegen Menschenschmuggels, gewerbemäßigen Betrugs, Mordversuchs und Anstiftung zum Mord angeklagt werden. Da auch sie jetzt eingesperrt war, würden einige Vögel zu singen beginnen. Bei ihrem Aussehen und mit einem geschickten Verteidiger würde Susannas Strafe nicht zu hoch ausfallen, aber für eine Weile würde sie schon hinter Gittern sitzen.

Ich verabschiedete mich von meinem neuen Freund und stieg seufzend in mein Auto. Ich hatte eine schwierige Unterredung vor mir, denn ich musste endlich meinen Budapester Ausrutscher beichten. Ich konnte nicht länger damit leben. Wie ich Ihnen schon eingangs gesagt habe: Julia ist rothaarig, und rothaarige Frauen können ein schreckliches Temperament haben. Ich wusste bereits jetzt, was sie sagen würde, wenn ich ihr alles gebeichtet und über das versuchte Giftattentat berichtet hatte:

„Schade, dass du den Kaffee nicht getrunken hast, du elender Schuft."

Weitere Österreich-Krimis im Leykam Verlag

Werner Kopacka / Thomas Schrems
Zuadraht
Taschenbuch
ISBN 978-3-7011-7668-7

Alfred Paul Schmidt
Die Spur der Sonne
Broschur mit Klappen
ISBN 978-3-7011-7616-8

Ian Kopacka
Kleine Fische
Taschenbuch
ISBN 978-3-7011-7747-9

Elisabeth Hödl / Ralf B. Korte
Galatea
Broschur mit Klappen
ISBN 978-3-7011-7746-2

Weitere Österreich-Krimis im Leykam Verlag

Franz Friedrich Altmann
Turrinis Nase
Taschenbuch
ISBN 978-3-7011-7742-4

Franz Friedrich Altmann
Turrinis Herz
Geb. m. Schutzumschlag
ISBN 978-3-7011-7727-1

André Igler
Eine schöne Schweinerei
Geb. m. Schutzumschlag
ISBN 978-3-7011-7667-0

André Igler
Das falsche Fräulein
Geb. m. Schutzumschlag
ISBN 978-3-7011-7745-5

Weitere Österreich-Krimis im Leykam Verlag

Isabella Trummer

Unter der Oberfläche

Taschenbuch

ISBN 978-3-7011-7674-8

Isabella Trummer

Das dunkle Ende des Traums

Geb. m. Schutzumschlag

ISBN 978-3-7011-7541-3

Isabella Trummer

Das Grab

Geb. m. Schutzumschlag

ISBN 978-3-7011-7630-4

Georg Koytek / Lizl Stein

Der Posamentenhändler

Geb. m. Schutzumschlag

ISBN 978-3-7011-7701-1

Weitere Österreich-Krimis im Leykam Verlag

Robert Pucher
Krokodilstränen
Geb. m. Schutzumschlag
ISBN 978-3-7011-7629-8

Robert Pucher
Bärendienst
Geb. m. Schutzumschlag
ISBN 978-3-7011-7697-7

Erhältlich im Buchhandel

oder im

Leykam Buchverlag

Karlauergürtel 1 / 2. Stock; 8020 Graz
Tel.: 05 0109-6535, Fax: 05 0109-6539,
verlag@leykam.com – www.leykamverlag.at